Die neue Rechtschreibung

Prof. Dr. Jürgen Dittmann

2. Auflage

Haufe

Bibliografische Information der Deutschen Bibliothek
Die Deutsche Bibliothek verzeichnet diese Publikation in der Deutschen Nationalbibliografie; detaillierte bibliografische Daten sind im Internet über http://dnb.ddb.de abrufbar.

ISBN 3-448-05582-4
Bestell-Nr. 00686-0002

1. Auflage 1999 (ISBN 3-86027-243-8)
2., durchges. Auflage 2003

Niederlassung Planegg b. München
Postanschrift: Postfach, 82142 Planegg
Hausanschrift: Fraunhoferstraße 5, 82152 Planegg
Fon (0 89) 8 95 17-0, Fax (0 89) 8 95 17-2 50
E-Mail: online@haufe.de
Internet: www.haufe.de, www.taschenguide.de
Lektorat: Dr. Ilonka Kunow
Redaktion: Sylvia Rein

Satz + Layout: WerbeAgentur S6 GmbH, 82166 Gräfelfing
Umschlagegestaltung: Agentur Buttgereit & Heidenreich, 45721 Haltern am See
Druck: freiburger graphische betriebe, 79108 Freiburg

Zur Herstellung der Bücher wird nur alterungsbeständiges Papier verwendet.

TaschenGuides – alles, was Sie wissen müssen

Für alle, die wenig Zeit haben und erfahren wollen, worauf es ankommt. Für Einsteiger und für Profis, die ihre Kenntnisse rasch auffrischen wollen.

Sie sparen Zeit und können das Wissen effizient umsetzen:

Kompetente Autoren erklären jedes Thema aktuell, leicht verständlich und praxisnah.

In der Gliederung finden Sie die wichtigsten Fragen und Probleme aus der Praxis.

Das übersichtliche Layout ermöglicht es Ihnen sich rasch zu orientieren.

Anleitungen „Schritt für Schritt", Checklisten und hilfreiche Tipps bieten Ihnen das nötige Werkzeug für Ihre Arbeit.

Als Schnelleinstieg die geeignete Arbeitsbasis für Gruppen in Organisationen und Betrieben.

Besuchen Sie uns im Internet: www.taschenguide.de

Hier finden Sie Arbeitsmittel zum Downloaden und können Ihre Meinung direkt an die TaschenGuide-Redaktion mailen. Wir freuen uns auf Ihre Anregungen.

Inhalt

Vorwort

Die Rechtschreibreform ist da und immer mehr Unternehmen, die auf ein innovatives Image bedacht sind, stellen auf die neue Rechtschreibung um. Das bedeutet vom Angebot bis zum Zeugnis alle Texte einheitlich in neuer Schreibung zu präsentieren. Ohne Zweifel: hier sind alle Mitarbeiterinnen und Mitarbeiter gefordert, von den Assistenten über die Werbeexperten bis hin zu den Führungskräften.

Doch keine Angst! Weil die neue Rechtschreibung auf nachvollziehbaren Regeln beruht, muss sie niemand stur pauken! Dieser TaschenGuide vermittelt Ihnen leicht verständlich und anhand vieler Beispiele die „10 Gebote" der Reform – und wer die einmal verstanden hat, kann sich das mühsame Blättern in den Lexika sparen.

Und falls Sie trotzdem noch nicht ganz sicher sind, welche Schreibung die richtige ist, bietet Ihnen der zweite Teil dieses TaschenGuides ein kompaktes Wörterverzeichnis, in dem Sie nicht nur alle Neuschreibungen, sondern auch Zweifelsfälle nachschlagen können.

Bei Frau Dr. Ilonka Kunow möchte ich mich herzlich für die perfekte Zusammenarbeit bedanken.

Und jetzt wünsche ich Ihnen eine ertragreiche Lektüre!

Prof. Dr. Jürgen Dittmann

Erste Schritte zur neuen Rechtschreibpraxis

Ich möchte Ihnen mit diesem TaschenGuide die Regeln der neuen Rechtschreibung nahe bringen. Wenn Sie die einmal verstanden haben, wird Ihnen die Umstellung auf die neue Schreibung nicht mehr schwer fallen. Doch bevor wir uns diese Regeln näher ansehen, einige Tipps, worauf Sie bei der Umstellung achten sollten - ob Sie nun als Mitarbeiter oder Führungskraft eines Unternehmens davon betroffen sind, oder als Privatperson.

Auf die neue Rechtschreibung umstellen

Für alle, die sich entschließen, ihre Texte zukünftig in der neuen Rechtschreibung zu verfassen, wird es wichtig,

- die neuen Regeln sicher zu beherrschen und
- die Schreibung auch wirklich konsequent zu verfolgen.

Wenn Sie sich nur halb auf die neue Rechtschreibung einlassen, laufen Sie Gefahr, die neuen Schreibungen nie richtig zu erlernen. Zugleich werden Sie aber in der alten Rechtschreibung unsicher! Versuchen Sie daher, gleich alle Ihre Schriftstücke nach der neuen Rechtschreibung zu verfassen.

Für die Umstellung müssen Sie sich zunächst einmal von bestimmten „Schreibgewohnheiten" verabschieden – und anfangs wird das sicher auch nicht ohne Nachschlagen gehen. Doch Sie werden sehen, dass Ihnen nach einiger Zeit die neuen Schreibungen automatisch aus der Hand fließen.

Bei Ihren ersten Versuchen sollten Sie allerdings besonders auf die Korrektheit Ihrer Texte achten. Bevor Sie so wichtige Korrespondenz wie ein Bewerbungsschreiben oder ein Angebot an einen Großkunden verschicken, überprüfen Sie das Geschriebene lieber zweimal!

▪ *Ein ‚Mix' aus Alt und Neu funktioniert nicht! Wenn Sie sich einmal für die neue Rechtschreibung entschieden haben, sollten Sie die alten Schreibweisen auch für immer über Bord werfen.* ▪

Umstellen im Unternehmen – konsequent und einheitlich

Das Image eines Unternehmens wird ganz wesentlich von der Sprache, die es pflegt, bestimmt. Und dass ein Unternehmen sprachlich möglichst einheitlich auftreten sollte, dürfte jedem einleuchten. Dies gilt in ganz besonderem Maße jetzt, wo Sie noch die Möglichkeit der Wahl zwischen der alten und der neuen Rechtschreibung haben.

Wenn Sie sich entschieden haben, in Ihrem Unternehmen die neue Rechtschreibung einzuführen, müssen Sie das gesamte Unternehmen in die Umstellung mit einbeziehen.

Niemand wird ernsthaft überprüfen wollen, ob alle internen Papiere auch konsequent in der neuen Rechtschreibung verfasst sind, aber wenn Herr Körner in seinem Angebotsschreiben als Einziger noch von einem „Lieferengpaß" oder der neuen „Kunststoffolie" berichtet, während seine Kollegen schon längst die neue „Kunststoff-Folie" anpreisen und sich „veranlasst sahen, nach dem letzten Lieferengpass eine neue Spedition zu beauftragen", kann dies natürlich schon zu Irritationen beim Kunden führen.

Für die Umsetzung der neuen Rechtschreibung in Ihrem Unternehmen gelten zwei Grundsätze:

1 Bereiten Sie die Umstellung gut vor und

2 führen Sie die neue Rechtschreibung dann kompromisslos und ‚in einem Stück' ein!

▪ *Handeln Sie nach dem Motto: Ganz oder noch nicht!* ▪

Tipps für die Umstellung

Folgendes Vorgehen sollten Sie erwägen:

1 Tragen Sie Sorge dafür, dass alle Mitarbeiterinnen und Mitarbeiter, die nach außen gehende Texte verfassen, in der neuen Rechtschreibung fit sind. Schicken Sie alle Betroffenen rechtzeitig auf ein offenes **Rechtschreibseminar** oder organisieren Sie eine betriebsinterne Schulung. Dieser Aufwand zahlt sich garantiert aus.

2 Wählen Sie (ggf. für jede Abteilung) eine/n **Rechtschreibbeauftragte/n** aus, die/der in den darauf folgenden Wochen alle Standardanschreiben, Prospekttexte, Verträge,

Angebote, Einladungen und sonstige wichtige Texte in die neue Rechtschreibung umwandelt.

3 Die Hilfe von **Rechtschreibkonvertern** ist in dieser Phase nützlich. Rechtschreibkonverter sind Computerprogramme, die Texte nach Wörtern durchsuchen, die nach der alten Rechtschreibung geschrieben sind, deren Schreibung sich nach der neuen Rechtschreibung geändert hat.

Sie dürfen aber keine völlig automatische Umwandlung erwarten, denn es gibt Sätze, mit denen kein Programm fertig wird. Das Programm wird Sie also während des Konvertierens in Zweifelsfällen fragen, welche Schreibweise korrekt ist – dann müssen **Sie** entscheiden! Das betrifft besonders häufig die Groß- und Kleinschreibung.

Beispiel

Ob hier *nächsten* oder *Nächsten* korrekt ist, müssen Sie selbst entscheiden:

Er bekam die vorerst letzten Brötchen, sodass die Nächsten (d. h.: die nächsten Kunden) *leer ausgingen.*

Er bekam die vorerst letzten Brötchen, denn die nächsten (d. h.: die nächsten Brötchen) *waren noch im Ofen.*

Vorsicht also – ohne „menschliche Hilfe" ist das beste Programm überfordert. Ein Konvertierungsprogramm ersetzt auch keinen kompetenten Rechtschreibbeauftragten, sondern erleichtert ihm nur die Arbeit.

4 Verfolgen Sie eine einheitliche Linie bei den Regelungen, die zwei Schreibweisen zulassen.

Entscheiden Sie sich da, wo Ihnen die neue Rechtschreibung die Wahl lässt, am besten für die sogenannten **progressiven** Schreibungen, denn dann sind Sie immer „auf der sicheren Seite"! Im folgenden Beispiel finden Sie die progressiven Schreibungen immer als erste aufgeführt.

Beispiel

Wahlmöglichkeiten bei Wortschreibungen

Fotometrie oder *Photometrie, quadrofon* oder *quadrophon, essenziell* oder *essentiell, Potenzial* oder *Potential, an Stelle von* oder *anstelle von, mit Hilfe von* oder *mithilfe von, auf Grund von* oder *aufgrund von*

Wahlmöglichkeiten bei der Zeichensetzung

Die Musik wird leiser und der Vorhang hebt sich. oder: *Die Musik wird leiser, und der Vorhang hebt sich.*

Sie wisse Bescheid und der Vorgang sei ihr völlig klar, sagte sie. oder: *Sie wisse Bescheid, und der Vorgang sei ihr völlig klar, sagte sie.*

Welche Vorteile die neue Rechtschreibung hat

Vielleicht beschleichen Sie bei dem Wort „Rechtschreibung" gemischte Gefühle. Die alte Rechtschreibung musste stur gepaukt werden, denn sie war nicht systematisch und deshalb nicht durchschaubar. Das müssen Sie hier nicht alles noch einmal durchmachen! Die neue deutsche Rechtschreibung hat gegenüber der alten viele Vorteile – vor allem beruht sie auf Prinzipien und auf einer Reihe nachvollziehbarer Regeln, die es Ihnen ermöglichen, zu verstehen, **warum** Sie so schreiben sollen wie die Regelung es will. Das heißt: Rechtschreibung muss nicht mehr stur gepaukt, sondern kann erlernt werden! Dazu möchte ich Ihnen den nötigen Hintergrund geben.

Die Neuregelung

- hat leichter nachvollziehbare Regeln,
- hat weniger Regeln,
- hat mehr Wahlmöglichkeiten,
- ist leichter erlernbar.

Um alle Ihre Mitarbeiter und Mitarbeiterinnen für die Umstellung zu motivieren, hilft es ihnen klar zu machen, dass die neue Rechtschreibung keine Schikane ist, sondern größtenteils Erleichterung beim Schreiben bringt.

Erster Grundgedanke: Vereinfachen

Grundsätzlich wird mit der Reform eine Vereinfachung der Rechtschreibung erreicht, von der Sie auf Dauer profitieren:

- Ungereimtheiten der alten Regelung werden beseitigt,
- es gibt weniger Ausnahmen, auf die Sie zu achten haben,
- und die Zahl der allgemeinen Rechtschreibregeln wurde fast halbiert.

Beispiel: Getrennt- und Zusammenschreibung

Bislang mussten Sie schreiben:

arbeiten gehen	aber	*spazierengehen*
rein halten	aber	*sauberhalten*
locker sitzen	aber	*festsitzen*
übrig haben	aber	*übrigbehalten*
Auto fahren	aber	*radfahren*

Nach der **neuen** Rechtschreibung schreiben Sie einheitlich **getrennt:**

arbeiten gehen	ebenso wie	*spazieren gehen*
rein halten	ebenso wie	*sauber halten*
locker sitzen	ebenso wie	*fest sitzen*
übrig haben	ebenso wie	*übrig behalten*
Auto fahren	ebenso wie	*Rad fahren*

Zweiter Grundgedanke: Legalisieren

Einige falsche Schreibungen, die sich im Laufe der Jahre eingeschlichen hatten, wurden legalisiert. So hatte sich z. B. die Schreibung *in Bezug auf* – statt bisher korrekt *in bezug auf* – in den vergangenen Jahren schon weitgehend durchgesetzt. Dasselbe gilt für *im Allgemeinen* – statt bisher *im allgemeinen* – und andere gebräuchliche Formen.

Dritter Grundgedanke: Den Wortstamm stärken

Durch die Neuregelung wird grundsätzlich das sogenannte Stammprinzip der Schreibung gestärkt. So wird jetzt nicht mehr *Nummer* mit zwei, *numerieren* aber mit einem *m* geschrieben, sondern einheitlich nach dem Wortstamm *Nummer,* also: *nummerieren.* Dasselbe gilt für die Zusammensetzung von Wörtern. Die Wortstämme *Schloss* und *Saal* ergeben den *Schlosssaal* – geschrieben werden alle drei s-Buchstaben. Damit erreicht man eine Vereinfachung der Schreibung, die zugleich das Lesen erleichtert, denn identische Stämme lassen sich leichter identifizieren! Das Stammprinzip betrachten wir unten noch genauer (Seite 21).

■ *In der neuen Rechtschreibung ist es gelungen, viele Ungereimtheiten der alten auszuräumen.* ■

Keine Angst vor den neuen Schreibungen!

Vielleicht sind Sie beim Lesen dieses TaschenGuides über die neue Schreibung des einen oder anderen Wortes gestolpert, doch Sie werden sicher nach einiger Zeit die neuen Schreibungen schon gar nicht mehr bemerken und sich auch beim Schreiben rasch umgewöhnen. Vielleicht haben Sie sich bei der bisherigen Lektüre schon einmal überlegt, woran Sie erkennen, dass hier die neue Rechtschreibung angewendet wurde. Ich vermute, es war das Wort, das auch im letzten

Satz auftaucht und das Erkennungszeichen der Reform schlechthin ist: nämlich die Schreibung von *dass* als Bindewort (Konjunktion):

Denken Sie daran, dass *dass* in Zukunft mit Doppel-*s* geschrieben wird (zu weiteren Schreibungen *ss* oder *ß* siehe Seite 24).

Beachten Sie die drei Faustregeln!

Es lassen sich drei Faustregeln der neuen Rechtschreibung formulieren, die Ihnen in vielen Fällen schon weiterhelfen können, wenn Sie unsicher sind, welche Schreibweise korrekt ist. Sie sollten sie aber auch im Hinterkopf haben, wenn Sie sich mit der neuen Rechtschreibung im Einzelnen befassen (die weiteren Regeln finden Sie ab Seite 23).

1 Schreibe Substantive (Dingwörter) groß!

2 Schreibe entsprechend dem Wortstamm!

3 Schreibe, wo möglich, getrennt!

Die Wörterliste hilft Ihnen in Zweifelsfällen

Es gibt einige schwierigere Bereiche der neuen Rechtschreibung – vor allem die Getrennt- und Zusammenschreibung –, in denen etwas Übung erforderlich ist, bis man sie sicher beherrscht. Damit Sie aber trotzdem Ihre Texte schnell richtig schreiben, können Sie im Wörterverzeichnis im letzten Teil dieses TaschenGuides nachsehen.

Nun werden Sie fragen: Wozu das? Ich habe doch sowieso meine Lexika! Das Wörterverzeichnis bietet Ihnen aber einige Vorteile:

- Es enthält, im Unterschied zu den Universalwörterbüchern, **nicht alle Wörter.** Oder möchten Sie nachschlagen, wie man *Baum* schreibt?
- Es enthält nicht nur die Neuschreibungen, im Unterschied zu anderen Wörterverzeichnissen zur Einführung in die neue Rechtschreibung. Vielmehr wurden auch die Schreibungen aufgenommen, die nach der neuen Regelung als **Zweifelsfälle** angesehen werden könnten.

Beispiel

Nach der alten Regelung mussten Sie schreiben:

Recht sprechen, aber *recht haben* und *Das ist mir recht.*

Nach der neuen Regelung schreiben Sie:

Recht sprechen und *Recht haben,* aber weiterhin *Das ist mir recht.*

Damit hier keine Zweifel aufkommen, finden Sie auch das unveränderte *Das ist mir recht (recht sein)* im Wörterverzeichnis.

- Schließlich enthält das Wörterverzeichnis neben einer Reihe betriebswirtschaftlicher Fachbegriffe zusätzlich Fremdwörter, die Sie nicht in den gängigen Lexika finden, sondern eigens in einem Fremdwörterbuch nachschlagen müssten.

Die Rechtschreibung besser verstehen

Damit Sie die neue Rechtschreibung besser verstehen können, ist es hilfreich, wenn Sie sich klarmachen, nach welchen Grundsätzen die deutsche Schriftsprache funktioniert. Es sind die folgenden drei Prinzipien:

1. Buchstaben entsprechen Lauten (Lautprinzip);
2. die Schreibung leitet sich vom Wortstamm ab (Stammprinzip);
3. die Schrift lebt nicht vom Wort allein – sondern auch von der Silbe (Silbenprinzip).

Nach Lauten schreiben – das Lautprinzip

Dieses Prinzip (aller Alphabetschriften) besagt, dass einem Laut in der Regel ein Buchstabe oder eine Buchstabenkombination entspricht. Daher können wir im Deutschen z. B. das Wort *kalt* mit einiger Treffsicherheit nach dem Gehör schreiben. Wenn Kinder Schreiben lernen, befolgen sie zuerst einmal diese Regel: Es ist deshalb auch nicht ungewöhnlich, wenn die siebenjährige Katharina *Entschuldigung* als *in schuldigung* und *Geburtstag* als *geburztag* zu Papier bringt.

Ein kleiner Test

Aber angesichts unvertrauter Wörter greifen auch geübte Leserinnen und Leser auf die Laut-Buchstaben-Zuordnung zurück. Versuchen Sie doch mal, das folgende Wort spontan mit einem Blick zu lesen:

Halbpreispaß

Mit einer Wahrscheinlichkeit von 90 Prozent haben Sie hier zunächst den letzten Teil des Wortes als *Spaß* gelesen, d. h. Sie haben die letzten Buchstaben auf ein Ihnen vertrautes Wort bezogen, dann aber erkannt, dass das nicht sein kann, denn dann fehlt bei dem vorhergehenden Bestandteil, der offenbar nur *Preis* sein kann, ein Buchstabe, nämlich ein *s*. In dieser Situation buchstabieren Sie also das Wort aus – und erkennen, dass es *Halbpreis-Paß* heißt.

Nach der neuen Rechtschreibung könnte Ihnen das nicht mehr passieren – *Spaß* schreibt man weiter mit *ß*, *Pass* aber mit *ss*. Und genau da wird uns das Lautprinzip wieder begegnen: Die Unterscheidung der Schreibungen *ss* oder *ß* wird nach dem Lautprinzip geregelt (ab S. 24).

Achtung Ausnahmen!

Dass das Lautprinzip in der deutschen Rechtschreibung aber nicht ausnahmslos gilt, erkennt man z. B. durch den Vergleich von *kalt* und *bald:* Obwohl *bald* nach der deutschen Standardaussprache genau wie *kalt* mit *t* am Ende gesprochen wird, wird es mit *d* geschrieben! So etwas bereitet beim Schreibenlernen natürlich Kopfschmerzen und kann im Gebrauch zu Unsicherheiten führen. Doch hier greift das nächste Prinzip:

Nach dem Wortstamm schreiben – das Stammprinzip

Dieses Prinzip kann man sich ebenfalls leicht am Beispiel von *bald* klarmachen: Geschrieben wird nach dem Wortstamm *bald-*, den Sie auch in *Bälde, baldig* usw. finden. Sie erinnern sich vielleicht an die Eselsbrücke, die Sie dazu in der Grundschule gelernt haben:

- *bald* mit *-d* wegen *baldig*
- *Kleid* mit *-d* wegen *Kleider*
- *weit* mit *-t* wegen *weiter* ...

Der Stamm aller verwandten Wörter soll also möglichst gleich geschrieben werden. So kann man sie leichter erkennen, was das zügige Lesen fördert. Das Stammprinzip kann allerdings dem Lautprinzip direkt widersprechen: Wir haben ja gesehen, dass nach dem Lautprinzip im Standarddeutschen *bald* mit *-t* geschrieben werden müsste!

Wörter zerlegen – das Silbenprinzip

In einem Wort wie *Rose* muss im Deutschen die Länge des Vokals (Selbstlautes), hier *-o-*, nicht geschrieben werden: Wenn eine betonte Silbe (hier: *Ro-*) auf einem Vokal endet – man spricht von „offener Silbe" –, ist der Vokal lang. So lautet die Silbenregel für diesen Fall. Wir schreiben nicht *Rohse*, also kein Dehnungs-*h*.

Ganz so einfach ist es allerdings leider nicht. Überlegen Sie einmal, wie andere Wörter geschrieben werden, die so ähnlich klingen wie *Rose*, also auch mit einer offenen Silbe beginnen. *Kohle* z. B. schreiben wir sehr wohl mit Dehnungs-*h*. Sie sehen also, dass auch das Silbenprinzip keineswegs durchgängig gilt: Vor *r*, *l*, *m* und *n* wird das *h* nämlich in der Regel geschrieben!

Aber das ist immer noch nicht die ganze Wahrheit: In *Sole* (mit der Bedeutung „kochsalzhaltiges Wasser") fehlt das Dehnungs-*h*, weil man diese Sole dadurch von der *Schuh-Sohle* unterscheiden wollte. Man spricht hier von „Unterscheidungsschreibung", d. h. der Vermeidung von gleicher Schreibung für gleich klingende Wörter, die eine unterschiedliche Bedeutung haben. Sinn macht das ebenfalls: Beim schnellen Lesen bekommen wir so eindeutige Hinweise, welche der Bedeutungen gleich lautender Wörter denn nun gemeint ist: Dies gilt nicht nur für Wörter mit offenen Silben, z. B. *Boote* vs. *Bote*, sondern auch für die Unterscheidungen zwischen *Leib* und *Laib*, *Verse* und *Ferse*, usw.

▪ *Die drei Prinzipien der deutschen Rechtschreibung führen zwar manchmal zu Widersprüchen, sind aber für sich genommen vernünftig. Wundern Sie sich also nicht, dass auch nach der neuen Rechtschreibung noch zwischen* Leib *und* Laib *unterschieden wird: Das ist beim Schreiben zwar lästig, erleichtert aber das Lesen!* ▪

Die Neuregelungen im Einzelnen – die „10 Gebote"

Ich werde Ihnen im Folgenden die neue Rechtschreibung in zehn Kapiteln nahe bringen, genannt „die 10 Gebote der neuen Rechtschreibung".

In diesen Regeln geht es um:

1 die Schreibung von ss und ß,
2 Großschreibung und
3 Kleinschreibung,
4 einheitliche Schreibung gleicher Wortstämme,
5 neue Schreibungen für Fremdwörter,
6 Getrenntschreibung und
7 Zusammenschreibung,
8 Worttrennungen am Zeilenende,
9 Anrede in Briefen und
10 Kommasetzung.

Sie sollten Ihre Lektüre möglichst so organisieren, dass Sie jedes Kapitel zuerst einmal am Stück in Ruhe durchlesen. Dann können Sie in einem zweiten Anlauf einzelne Abschnitte, die Ihnen schwierig erschienen sind, vertiefen.

Das erste Gebot: Die Schreibungen „ss" und „ß"

Beispiel: *ss* oder *ß*?

Alt	Neu
Kuß	*Kuss*
Engpaß	*Engpass*
Anlaß	*Anlass*
Gruß	*Gruß*
gemäß	*gemäß*
außen	*außen*

Nach kurzem Selbstlaut (Vokal) steht, wo bisher *ß* stand, jetzt *ss*, nach langem Selbstlaut oder Doppellaut (Diphthong) steht weiterhin *ß*.

Diese neue Regel ist eine konsequente Vereinfachung, denn:

- sie fügt sich in die allgemeinere Regel ein, derzufolge ein **kurzer Vokal** durch **Konsonantenverdopplung** angezeigt werden kann, so z. B. in *Komma, Wette, Kontrolle* und *tippen* (womit Sie gleich Beispiele für Konsonanten, auch Mitlaute genannt, haben).
- Dadurch ermöglicht sie Ihnen eine „Trefferquote" von 100 % korrekte Schreibungen ohne einen Blick ins Lexikon!

Übrigens: Vokale sind Laute, die „tönen", aber mit wenig „Geräusch" verbunden sind *(a, e, i, o, u)*, Konsonanten hingegen sind Laute, die mit mehr „Geräusch" verbunden sind (z. B. *b, f, t*).

Wenn Sie also einen kurzen Vokal hören, müssen Sie das *ß* der alten Rechtschreibung durch *ss* ersetzen:

sie isst und *er frisst,*
es floss und *er schoss*
der Schuss und *der Kuss,*
Einfluss und *Zuschuss*
er musste und *sie wusste,*
er glaubte, dass ...

Schreiben Sie in Zukunft auch alle Wörter mit „Schluss" mit Doppel-s:

Abschluss, Ausschlussfrist, Beschluss, Jahresabschluss, Ladenschlussgesetz, Schlussverkauf;

und ebenso neu sind die Schreibungen von:

Genussschein, Kompromiss, Messgerät, Misserfolg, Nachlass, Prozess, Stress, verlässlich, Überschuss, Vorschuss, Zuschuss und Zahlungsfluss.

Betroffen ist hiervon auch das Wörtchen *dass,* wenn es als Bindewort (Konjunktion) gebraucht wird (alt *daß*):

Man kann sogar sagen, dass dies das Erkennungszeichen der Rechtschreibreform ist, denn *dass* ist ein häufiges Wort.

Test: Dass oder *das?*

Wenn Sie einmal im Zweifel sind, ob Sie es mit der Konjunktion *dass* oder dem Pronomen *das* zu tun haben, können Sie einen einfachen Test machen. Wenn *das* durch *welches* ersetzt werden kann, schreibt man es mit einem *s*:

Goldpfeil ist das Pferd, das den Pokal gewonnen hat (welches den Pokal gewonnen hat).

Das Auto, das ich gekauft habe, ist eine Montagsproduktion (welches ich gekauft habe).

Diese Ersetzung funktioniert bei der Konjunktion *dass* nicht:

Ich glaube nicht, dass das Pferd den Pokal gewinnen wird.

Nach langem Vokal und Doppellaut „ß"

Die neue Rechtschreibung schafft das *ß* nicht ab, denn der zweite Teil der Regel besagt erstens: Wenn der Vokal vor dem *s*-Laut lang ist, schreibt man wie bisher *ß*:

Gruß und *Fuß*,
bloß und *groß*
er saß und *sie aß*,
sie stieß und *er ließ*,
er büßt und *sie grüßt*,
das Gesäß und *das Gefäß*.

Und so ändert sich auch nichts bei:

Großhändler,
Maßnahmenkatalog,
vertragsgemäß,
unrechtmäßig,
Wir würden es begrüßen ...
Mit freundlichen Grüßen.

Weil Sie gleich hören können, dass der Vokal lang ist, müssen Sie überhaupt nicht darüber nachdenken, ob sich bei diesen Wörtern etwas geändert hat.

Zweitens schreibt man aber auch nach **Doppellauten** (den sogenannten Diphthongen) weiterhin *ß*. Im Deutschen gibt es in der gesprochenen Sprache drei Doppellaute, die, wie der Name sagt, aus der Verbindung von zwei (vokalischen) Lauten bestehen, nämlich *au*, *ai/ei* und *eu/äu*. In der Schrift entsprechen den drei Diphthongen also fünf Buchstabenkombinationen. (Den Diphthong *ui* brauchen wir nicht zu berücksichtigen, weil er nur in den Ausrufen *Ui!* und *Pfui!* vorkommt.)

heiß und *weiß*,
außen und *draußen*,
Verschleiß

sie äußert und *äußerst*
Wir bedauern ganz außerordentlich ...

Damit ändert sich auch nichts am *Außendienst*, dem *Verschleiß* oder der *Äußerung*. Sie brauchen diese Wörter nur auszusprechen, dann merken Sie, dass Sie es auch hier mit langen Lauten zu tun haben. Also: Auch hier schreiben Sie wie bisher *ß*!

Kurzer Laut geht vor Wortstamm

Die eindeutige Regelung der s-Schreibung verdankt sich dem Lautprinzip (siehe Seite 19). Damit ändert sich auch bei einigen Verben etwas, die kurze Vokale haben (*du lässt, er muss* etc.). Bei manchen kommt dabei gleichzeitig das Stammprinzip zum Zug, denn alle Formen werden nun gleich geschrieben. Aber in anderen Fällen wird das Stammprinzip auch verletzt.

■ *Merken Sie sich bei Verben mit ß/ss: Die Lautung hat immer Vorrang!* ■

Beispiel

Hier widerspricht das Lautprinzip dem Stammprinzip nicht:

fassen – sie fasst – er fasste – gefasst
Die Daten werden per Computer erfasst.

Ebenso bei *müssen* u. v. a.: *müssen – er muss – sie musste – gemusst*
Ich muss Sie darauf aufmerksam machen, dass…

Hier geht das Lautprinzip vor:

messen – sie misst – er maß – gemessen;
lassen – er lässt – sie ließ – gelassen.
Also Achtung: *Der Schaden lä**sst**/lie**ß** sich nicht mehr beheben.*

Noch ein kleiner Hinweis

Der Vollständigkeit halber sei darauf hingewiesen: Wo bisher nach kurzem Vokal *s* geschrieben wurde, ändert sich nichts:

In *Last*, das sich von *lasst (ihr lasst)* unterscheiden soll,
in *fast*, das sich von *fasst (sie fasst nach)* unterscheidet,
in *das* (als Artikel wie in *das Haus* bzw. als Pronomen wie in *das Haus, <u>das</u> abbrannte)*, im Unterschied zur Konjunktion *dass* (wie in *er glaubt, dass)*.

Sie erinnern sich an das Prinzip der Unterscheidungsschreibung? Hier haben Sie schöne Beispiele dafür.

Vorsicht, Dialekt-Falle!

In einigen deutschen Gegenden werden Vokale, die standardsprachlich lang gesprochen werden, kurz gesprochen. So wird z. B. *Ruß* standardsprachlich mit langem *u*, in Westfalen aber mit kurzem *u* gesprochen. Daraus dürfen Sie als Westfale aber nicht ableiten, dass *Ruß* mit *-ss* zu schreiben wäre! Selbst wenn Sie zum Beispiel *Vater* immer mit kurzem *-a-* sprechen, schreiben Sie ja auch nicht *Vatter.* In einem Fall ist übrigens die standardsprachliche Aussprache nicht klar – die Reformatoren haben daher die Schreibungen *Löss* und *Löß* zugelassen.

■ *Wenn Sie überlegen, ob ein Vokal kurz oder lang ist, denken Sie daran: Es gilt die deutsche standardsprachliche Aussprache!* ■

Wenn Sie unsicher sind, was denn die standardsprachliche Lautung ist, vergegenwärtigen Sie sich einfach, wie die Nachrichtensprecher von Tagesschau oder Tagesthemen sprechen!

Besonderheiten in Österreich und der Schweiz

In Österreich hat man selbstverständlich Rücksicht auf dortige Aussprachegewohnheiten genommen, die von der deutschen Standardsprache abweichen. Wenn Sie in Ihrem nächsten Österreichurlaub z. B. *Geschoß* statt *Geschoss* lesen, so ist das auch nach der neuen Regelung korrekt, denn dort spricht man das *-o-* lang.

Wenn Sie öfter Zeitungen aus der Schweiz lesen wie etwa die *NZZ*, werden Sie wissen, dass man im Schweizer Schriftdeutsch kein *ß* benutzt (außer bei Eigennamen). Daran hat auch die Reform nichts geändert.

„Aus aktuellem Anlass ..." – einige Formulierungen für Mustertexte

Und nun noch einige Standardformulierungen, die von den Änderungen des ersten Gebots betroffen sind. Wenn sich solche oder ähnliche Wendungen in Ihrer Korrespondenz, z. B. in Musterbriefen finden, sollten Sie sie am besten gleich ändern bzw. prüfen, ob sie geändert sind:

Aus gegebenem/aktuellem Anlass ...

Es lässt sich leider nicht vermeiden, dass ...

Der Schlussbetrag ist am ... fällig.

Wir gewähren einen Nachlass von ...

Unser Angebot umfasst ...

Wir sind überzeugt, dass ...

Ich muss nicht betonen, dass ...

Für den Fall, dass ...

Hier liegt leider ein Missverständnis vor.

Zum Schluss noch eine gute Nachricht: ...

Das zweite Gebot: Großschreibung von Substantiven

Wir kommen nun zu einem ersten etwas schwierigeren Bereich der deutschen Rechtschreibung, nämlich der Groß- und Kleinschreibung. Aber keine Sorge: Immerhin ermöglichen die neuen Regeln für die Groß- und Kleinschreibung eine Trefferquote von mehr als 95 % korrekte Schreibungen, ohne dass Sie ein Lexikon zu Rate ziehen müssen. Nach der alten Rechtschreibung waren es nur ca. 60 %, was ja bedeutet, dass man für die restlichen 40 % die Schreibungen einzeln erlernen (oder nachschlagen) musste!

Was müssen Sie sich nun merken?

> Substantive (Dingwörter) und substantivisch gebrauchte andere Wörter werden großgeschrieben.

Beispiel

Alt	**Neu**
das Sprechen	*das Sprechen*
das Schöne	*das Schöne*
heute mittag	*heute Mittag*
am Abend	*am Abend*
den kürzeren ziehen	*den Kürzeren ziehen*
im allgemeinen	*im Allgemeinen*
in bezug auf	*in Bezug auf*
im einzelnen	*im Einzelnen*

■ *Schon als Faustregel haben Sie gelernt, dass Substantive großgeschrieben werden.* ■

Ein Substantiv erkennen Sie daran, dass es mit einem Artikel stehen kann (*der Baum, die Blume*). Außerdem besitzen Substantive ein grammatisches Geschlecht (Genus) (*der Baum*, aber *die Blume*) und sind in der Zahl (grammatisch: Numerus) veränderbar (*der Baum, die Bäume*).

Großschreibung gilt auch für Substantive, die in festen Wendungen vorkommen, bei denen die Bedeutung der einzelnen Wörter aber noch erkennbar ist.

Beispiel: Feste Wendungen mit Großschreibung

in Bezug auf, mit Bezug, im Grunde, auf Grund von (aufgrund von ist aber auch erlaubt*), zu Grunde gehen (zugrunde gehen* ist auch erlaubt*), zu Händen von, in Hinsicht auf, zur Not, zur Seite, von Seiten (vonseiten* ist auch erlaubt*)*

Sie sehen hier gleich auch weitere Beispiele für Wahlmöglichkeiten bei der Schreibung: Wenn nach Ihrem Sprachgefühl z. B. *aufgrund* in *aufgrund von* **ein** Wort ist (und Sie dabei nicht mehr an das Substantiv *Grund* denken bzw. diese Form etwa von *auf Grund laufen* unterscheiden wollen), können Sie es klein- und zusammenschreiben. Ich empfehle Ihnen aber, wie gesagt, sich einheitlich an der **progressiven** Schreibung zu orientieren, also *auf Grund von, von Seiten* usw. zu schreiben!

Auch substantivierte Wörter großschreiben

Auch substantivierte Wörter anderer Wortarten, das heißt, Wörter, die als Substantive gebraucht werden, schreiben Sie nach dem zweiten Gebot groß. Darunter gibt es solche, die uns schon wie Substantive vorkommen, weil sie oft in dieser Weise gebraucht werden.

Schreiben Sie Substantive groß, die sich ableiten von

- **Verben (Tätigkeitswörtern):** *das Essen, das Herzklopfen, das Planen. Das Lesen fällt ihm schwer. Dieses Vorgehen erleichtert die Sache. Wer erledigt das Fensterputzen?;*

auch in mehrteiligen Fügungen mit Bindestrich: *das In-den-Tag-hinein-Leben, das Auf-und-ab-Gehen;*

- **Adjektiven (Eigenschaftswörtern):** *das Deutsche, die Grünen, im Allgemeinen, im Besonderen, im Einzelnen. Wir wünschen alles Gute. Zum Aperitif gab es Süßes und Salziges. Das Ausschlaggebende für ihre Einstellung war ihre Erfahrung. Sie hat viel Bedeutendes geschrieben;*
- **Partizipien (Mittelwörtern):** *die Studierenden, der/die Angestellte;*
- **Pronomina (Fürwörtern):** *Sie hatte ein gewisses Etwas. Er bot ihm das Du an. Wir standen vor dem Nichts.*

Und zum Abschluss noch einige Wendungen für die geschäftliche Korrespondenz:

In Bezug auf Ihr Schreiben
Zu Händen von
Unser Angebot im Einzelnen
Im Voraus schon vielen Dank

Vorsicht, Falle: Wenn den Adjektiven etwas fehlt

Es gibt Fälle, in denen ein Wort scheinbar wie ein Substantiv gebraucht wird, weil zum Beispiel ein Artikel davor steht; in Wirklichkeit bezieht es sich im Satz oder Text aber als Adjektiv auf ein vorhergehendes oder folgendes Substantiv. Es gibt also keinen Grund, diese Wörter großzuschreiben! Man spricht hier auch von Ellipse, das bedeutet „Auslassung". Im Geist können Sie das fehlende Substantiv nach dem Adjektiv einsetzen, und dann wissen Sie: das Adjektiv wird kleingeschrieben.

Neue Autos sind sicherer als alte [ergänze: *Autos*].
Zum Seminar sind neun Teilnehmer erschienen, auf den zehnten [ergänze: *Teilnehmer*] *wartet man vergebens.*

Am 20. Juni haben wir bereits zwei Computer bei Ihnen bestellt. Nun bräuchten wir jedoch noch einen weiteren.
Statt der bestellten roten haben Sie uns fälschlicherweise blaue Mappen geliefert.

Noch eine Falle: Groß oder klein nach „am"?

Mit *am* können Verben substantiviert werden, zum Beispiel: *Er hat Spaß am Laufen.* Dann schreibt man die Verben groß. Und auch nach der Wendung „es fehlt am..." schreibt man groß.

Zur Sicherheit, ob nach *am* großgeschrieben wird, können Sie zwei Tests anwenden:

- Das *am* muss zu *an dem* auflösbar sein
- und man muss nach dem folgenden Wort mit „Woran?" fragen können.

So schreiben Sie groß in Beispielen wie:

Er hat Spaß am Laufen. „Woran hat er Spaß?" – *A(n de)m Laufen.*
Es fehlt ihnen am Nötigsten. „Woran fehlt es ihnen?" – *A(n de)m Nötigsten.*

Anders bei *am* in Superlativen (= Höchststufe der Steigerung): *am besten, am einfachsten, am schnellsten.* Diese Wörter sind wie Adjektive und werden daher kleingeschrieben. Hier funktionieren auch die Tests von oben nicht. Vielmehr können Sie hier mit „Wie?" fragen:

Die von Frau Wetzel erarbeitete Lösung ist am einfachsten umzusetzen. („Wie?" – *Am einfachsten.)*

Lassen Sie sich am besten von unseren Mitarbeitern beraten.
Wir bieten individuelle Lösungen, mit denen Sie am schnellsten zu optimalen Ergebnissen kommen.

▪ *Der Am-an-dem-Test verschafft Ihnen hier Klarheit: Großgeschrieben wird nur, was nach* am = an dem *steht!* ▪

Groß und klein nach aufs

Logischerweise können Sie einen Superlativ nach *aufs* wie in *aufs Schönste, aufs Herzlichste* großschreiben, denn *aufs* steht für *auf das* – es liegt eine Substantivierung vor:

Zu Ihrem Nachwuchs gratulieren wir Ihnen aufs Herzlichste.

Weil Sie aber nach diesen Superlativen auch mit „Wie?" fragen können, ist Kleinschreibung ebenfalls zugelassen:

(„Wie gratuliert er Ihnen?") *Aufs herzlichste.*

▪ *Hier haben Sie also eine Wahlmöglichkeit – wichtig ist nur, dass Sie sich konsequent für eine Schreibung entscheiden.* ▪

Das dritte Gebot: Kleinschreibung

Diese Regel ist zweiteilig. Ihr erster Teil lautet:

Teil I: Ergibt sich aus der Verbindung von Präposition (Verhältniswort) und Substantiv ein neuer Begriff, wird klein- und zusammengeschrieben.

Doch hier müssen Sie nicht umlernen, denn die alte entspricht der neuen Schreibung – falls Sie also in der alten Rechtschreibung bei diesen Fällen keine Probleme hatten, werden Sie auch jetzt keine haben.

Beispiel: Klein und zusammen!

Alt/Neu	
anhand	*Die Stärken des Unternehmens werden anhand des Konkurrenzprofils deutlich sichtbar.*
anstatt	*Frau Leibolz wird Sie in Zukunft anstatt unseres ausgeschiedenen Mitarbeiters Herr Grimm betreuen.*
infolge/ infolgedessen	*Bitte entschuldigen Sie, dass es infolge der Umstellung zu einigen Verzögerungen kam.*
inmitten	*Der neue Praktikant fühlte sich inmitten seiner Kollegen am wohlsten.*
zufolge	*Den Vertretern zufolge läuft der Verkauf nur schleppend an.*
zuliebe	*Sie taten es den Kunden zuliebe.*

Sollten Sie hier unsicher sein, überlegen Sie, ob der Begriff „für sich steht" oder ob die einzelnen Wörter, aus denen er sich zusammensetzt, noch ihre ursprüngliche Bedeutung haben.

Beispiel

anhand: anhand der Karte (= unter Benutzung/mit Hilfe der Karte); *zuliebe: tu das mir zuliebe* (= tu das mir zu Gefallen).

Hier erkennen Sie nicht mehr so leicht, was das Substantiv *Hand* für eine Bedeutung hat. In diesen Fällen ist also ein neuer Begriff entstanden, der als ein Wort aufgefasst wird. Zugegeben – es gibt hier einige Grenzfälle; bei *infolge* denkt man noch an die „Folge" – daher:

■ *Im Zweifelsfall müssen Sie diese Wörter im Wörterverzeichnis nachschlagen!* ■

Der zweite Teil der Regel lautet:

Teil II: In Verbindung mit den Verben *sein, bleiben* und *werden* werden einige Substantive wie Adjektive gebraucht und deshalb kleingeschrieben.

Wenn Ihnen diese Regel unangenehm ist, haben Sie schon die richtige Eselsbrücke – diese Substantive bezeichnen Unangenehmes: die wichtigsten dieser Wörter sind *angst, schuld, pleite* und *leid.*

Auch diese Regel galt schon nach der alten Schreibung. Wie merken Sie nun, dass das Substantiv wie ein Adjektiv gebraucht wird? Sie können danach mit „Wie?" fragen – genauso wie bei normalen Adjektiven – oder Sie ersetzen es durch ein anderes Eigenschaftswort, etwa:

Mir ist angst. – („Wie ist mir?")
Er ist pleite. – Er ist zahlungsunfähig.

Beispiel: Substantive, die Sie kleinschreiben müssen

Alt/Neu	
angst, bange,	*Nöllemann wurde angst und bange, als er sich die Zahlen ansah.*
gram	*Sie ist mir immer noch gram.*
leid	*Wir sind es leid, ständig auf Ihren Servicedienst warten zu müssen.*
pleite	*Die Firma ist endgültig pleite.*
schuld	*Der Lieferant war nicht schuld an der Verzögerung.*

Vorsicht, Falle!

Schreiben Sie:

Die Firma ist pleite. aber *Die Firma macht Pleite.*

Im letzten Satz ist Pleite nicht mit *sein, bleiben* oder *werden* verbunden! Können Sie sich das merken? Am besten wäre es natürlich, Sie müssten nie einen Satz mit *Pleite* schreiben!

Vorsicht, noch eine Falle!

Jetzt geht es um die Wörter *Ernst/ernst, Recht/recht, Wert/wert.* Wenn Sie hier ganz systematisch die richtigen Fragen einsetzen, werden Sie auch diese Hürden der neuen Schreibung meistern.

Wenn Sie einen Satz mit einem dieser Wörter schreiben wollen und nicht ganz sicher sind, ob Sie es groß- oder kleinschreiben müssen, machen Sie den Frage-Test:

- Funktioniert die Frage nach dem Wort mit „Wie?", handelt es sich um ein Adjektiv. Dann schreiben Sie klein! Oder versuchen Sie das Wort durch andere Adjektive zu ersetzen.
- Wenn Sie die Frage nach dem Wort mit „Was?" stellen können, handelt es sich um ein Substantiv; dann schreiben Sie groß!

Beispiel

Hier sind *ernst, recht* und *wert* Adjektive:

Er nahm die Drohung ernst. („Wie nahm er die Drohung?")
Es ist nicht recht, so hart zu verfahren. („Es ist nicht fair, …")
Dieses Buch ist mir dreißig Mark wert. („… lieb").
Also: **Kleinschreibung!**

Hier sind *Ernst, Recht* und *Wert* Substantive:

Er machte mit seiner Drohung Ernst.
In der Auseinandersetzung hatte sie Recht.
Er legte Wert auf sein Äußeres.
Sie können hier fragen: „**Was** machte/hatte/legte er?"
Also: **Großschreibung!**

Wo Sie noch kleinschreiben müssen

Die folgende Tabelle zeigt Ihnen weitere Fälle von Kleinschreibung, die zum Teil der alten Regelung entsprechen, zum Teil dort vereinheitlichen, wo bislang unklare Verhältnisse herrschten. Diese Aufzählung dient der Vollständigkeit. Deshalb keine Sorge: Sie brauchen sie nicht wie einen Regelkatalog auswendig zu lernen. Lesen Sie sie durch und merken Sie sich dann am besten einfach einzelne Wörter als Beispiele.

Übersicht Kleinschreibung

Wortart	Wichtige Wörter	Beispiele
Aus Substantiven abgeleitete Präpositionen Die meisten dieser Wörter werden Sie automatisch kleinschreiben.	*dank* *kraft* *laut* *statt / an ... statt,* *trotz* *wegen, von ... wegen,* *um ... willen* *zeit*	*dank seiner Größe* *kraft ihres Amtes* *laut Gesetz* *an Kindes statt* *trotz ihres Alters* *von Amts wegen* *um der Klarheit willen* *zeit seines Lebens*
Aus Substantiven abgeleitete Adverbien, Präpositionen und Konjunktionen auf *-s* und *-ens* Diese Wörter sind an ihrer Endung leicht zu erkennen, sie werden nach wie vor kleingeschrieben.	*abends, morgens* *montags, dienstags etc.* *anfangs* *schlechterdings* *hungers* *willens* *rechtens* *abseits* *angesichts* *mangels* *mittels* *namens* *seitens* *falls* *teils ... teils*	*Die Heizung wird abends abgestellt.* *Die GF-Runde trifft sich in Zukunft immer donnerstags.* *Die neue Struktur bereitete uns anfangs einige Probleme.* *Doch wir sind willens, die Mängel abzustellen.* *Der Kurs entfällt mangels Interesses.* *Diese Idee liegt abseits.* *Der Plan ist angesichts dieser Entwicklung nicht zu erfüllen.* *Sie bekommen noch seitens des Betriebsrates Bescheid.*

Feste Verbindungen aus Präposition und Adjektiv Wichtig! Hier steht vor dem Adjektiv kein Artikel!	*von fern, von nah* *und fern* *gegen bar* *durch dick und dünn* *über kurz oder lang* *von klein auf* *schwarz auf weiß* *von neuem* *seit längerem* *von weitem* *bis auf weiteres* *ohne weiteres*	*Wir vermitteln Ihnen die besten Bewerber von nah und fern.* *Zahlung gegen bar.* *Über kurz oder lang wird sie wohl kündigen.* *Im Vertrag steht es schwarz auf weiß.* *Seit längerem beliefern wir Sie nun schon zuverlässig.* *Bis auf weiteres gewähren wir einen Rabatt von 15 %.*
Pronomen Diese Wörter können als Stellvertreter für Substantive stehen – trotzdem kleinschreiben!	*manche/r/s* *diese/r/s* *jene/r/s* *eine/r/s* *jede/r* *einige/s* *alle/es* *beide/s*	*So mancher hat hier schon resigniert.* *Ich habe mich mit diesem und jenem unterhalten.* *Das muss (ein) jeder mit sich ausmachen.* *Lesen Sie sich alles in Ruhe durch.* *Wir wollen beides erreichen – schneller liefern und die Preise senken.*
Diese **unbestimmten Zahladjektive** werden immer kleingeschrieben, auch wenn kein Substantiv folgt!	*viel (mehrere, meisten)* *wenig* *(der, die, das) eine* *(der, die, das) andere*	*Das haben schon viele erlebt.* *Die meisten haben ihm zugestimmt.* *Nach dem Brand war nur noch weniges zu gebrauchen.* *Die einen kommen, die anderen gehen.*

Zahlen (Kardinalzahlen) **unter einer Million** (außer Zahlsubstantive)	*eins* *hundert* *fünfundzwanzigtausend* *neunzehnhundertachtundneunzig* *achtmal* *fünfzehntel*	*Was drei wissen, wissen bald dreißig.* *Diese zwei kommen mir bekannt vor.* *Sie rief um fünf an.* *Wir waren an die zwanzig.* *Er sollte die Summe durch acht teilen.* *Der erste Kandidat konnte nicht bis drei zählen.* *Bitte hundertmal ausdrucken.*

Vorsicht, hier Großschreibung!

Beachten Sie aber: Nur *viel-* und *wenig-*, *ein-* und *ander-* werden kleingeschrieben. Die **übrigen unbestimmten Zahladjektive** werden, wenn sie allein stehen, großgeschrieben.

Den Kometen haben Unzählige (Ungezählte, Zahllose) gesehen.
Ich muss noch Verschiedenes erledigen.
Er hatte das Ganze rasch wieder vergessen.
Der Kongress war als Ganzes ein Erfolg.
Das muss jeder Einzelne mit sich selbst ausmachen.
Alles Übrige können Sie dem beigefügten Katalog entnehmen.
Er gab sein Geld für alles Mögliche aus.

Beachten Sie außerdem: **Zahlsubstantive** werden selbstverständlich großgeschrieben, etwa:

ein Dutzend
das Paar (= zwei; aber: *ein paar = einige)*
die Neunziger
das Hundert (z. B. das erste Hundert Schrauben).

Auch die **Zahlen ab eine Million** werden als Zahlsubstantive aufgefasst:

eine Million DM
eine Milliarde Menschen
eine Billion Staatsschulden
zwei Milliarden fünfhunderttausend Menschen.

Das vierte Gebot: Stammschreibung

Schon in der alten Schreibung wurde z. B. unterschieden zwischen:

- *Rechen* (im Sinne von *Harke*) und
- *sich rächen.*

Das zweite Wort, *rächen,* schreibt sich mit *ä,* weil es einen anderen Wortstamm hat – es ist dem Wort *Rache* zuzuordnen. Dieses Prinzip wird nun auf eine ganze Reihe von Wörtern angewendet, deren Schreibung bisher einzeln gelernt werden musste.

> Wortstämme werden in allen abgeleiteten Formen gleich geschrieben.

Offenbar wussten selbst manche Vielleser und -schreiber gar nicht, dass *Gemse* und *Bendel* bisher mit -e- geschrieben wurden. Jetzt werden die beiden Wörter nach ihrem Stamm geschrieben:

Gämse von *Gams*
Bändel von *Band.*

Folgende Übersicht zeigt Ihnen die wichtigsten Neuschreibungen.

Die wichtigsten Änderungen bei der Schreibung nach dem Wortstamm

Alt	Neu
behende	*behände* (von *Hand*)
belemmert	*belämmert* (von *Lamm*)
Bendel	*Bändel* (von *Band*)
Gemse	*Gämse* (von *Gams*)
numerieren	*nummerieren* (von *Nummer*)
plazieren	*platzieren* (von *Platz*)
Quentchen	*Quäntchen* (von *Quantum*)
rauh	*rau* (entsprechend zu *blau*)
Roheit	*Rohheit*
Stengel	*Stängel* (von *Stange*)
Tip	*Tipp* (von *tippen*)
selbständig	*selbstständig/selbständig*
Stop	*Stopp* (von *stoppen*)
Zierat	*Zierrat*

▪ *Die Stärkung des Stammprinzips in der neuen Rechtschreibung bedeutet eine große Vereinfachung gegenüber der alten Regelung.* ▪

Der Schreibung der Stämme *blau, schlau, genau* usw. entsprechend werden jetzt alle Wörter mit *rau* ohne *h* geschrieben:

rau (statt *rauh): Raubein, Raufasertapete, Rauhaardackel, Rauputz* und *Raureif.*

Und noch eine einzelne Vereinheitlichung gibt es: Nach dem Vorbild von *Kakadu, Gnu, Emu* wird jetzt auch geschrieben

Känguru (statt *Känguruh).*

Bei *selbstständig* und *verselbstständigen* haben Sie die Wahl: Sie dürfen auch weiter – nach der alten Regelung – *selbständig, Selbständige/r* usw. sowie *verselbständigen* schreiben.

Wenn drei gleiche Buchstaben zusammentreffen

Wenn bei Zusammensetzungen drei gleiche Buchstaben aufeinander treffen, werden nach dem Stammprinzip auch alle drei geschrieben! Damit entfällt die alte Sonderregelung, nach der nur bei folgendem Konsonant drei Konsonantenbuchstaben zu schreiben waren, wie in *Balletttruppe,* nicht aber bei folgendem Vokal, wie in *Ballettänzerin.*

Durch die alte Regelung konnten so manche Wörter zweideutig gelesen werden. Doch jetzt wird aus den alten *Wetturnen* das eigentlich gemeinte *Wettturnen,* aus der *Schnellaster* der *Schnelllaster,* aus dem *Sollast* die *Solllast* und aus dem hässlichen *Nulleiter* der *Nullleiter.*

Weiterhin mit zwei Konsonantenbuchstaben werden allerdings die folgenden Wörter geschrieben, weil sie nicht mehr als Zusammensetzungen angesehen werden:

dennoch, Drittel und *Mittag.*

Sie dürfen auch einen Bindestrich setzen

Wenn drei gleiche Buchstaben aufeinander treffen, dürfen Sie aber auch einen Bindestrich setzen um die Lesbarkeit zu verbessern:

Armeeeinheit	oder	*Armee-Einheit*
Bestellliste	oder	*Bestell-Liste*
Genussschein	oder	*Genuss-Schein*
Kaffeeersatz	oder	*Kaffee-Ersatz*
Kongressstadt	oder	*Kongress-Stadt*
Klemmmappe	oder	*Klemm-Mappe*
Pressspan	oder	*Press-Span*
Schlosssaal	oder	*Schloss-Saal*
Schrotttransport	oder	*Schrott-Transport*
stickstofffrei	oder	*Stickstoff-frei*
Teeei	oder	*Tee-Ei*

Apropos Bindestrich!

Bisher wurden zusammengesetzte Wörter mit zwei Bestandteilen grundsätzlich ohne Bindestrich geschrieben. Die neue Regelung ist deutlich „bindestrich-freundlicher". Sie können nach der neuen Regelung immer einen Bindestrich setzen, wenn Sie einzelne Bestandteile hervorheben möchten, unübersichtliche Zusammensetzungen gliedern oder Missverständnisse vermeiden möchten:

das Ist-Aufkommen, die Kann-Bestimmung, die Soll-Stärke,
das Prozess-Benchmarking.

Doch beachten Sie: Die übermäßige Verwendung des Bindestrichs lässt Ihren Text „abgehackt" wirken!

Klar geregelt ist nun die Schreibung der Zusammensetzungen mit Ziffern: Wie bisher schreibt man Verbindungen aus Ziffer und **Nachsilbe ohne** Bindestrich, zum Beispiel:

der 68er, die 61er-Bildröhre, in den 80er-Jahren (auch: *in den 80er Jahren), ein 32stel, ein 100stel-Millimeter, 100%ig, 25fach, das 25fache.*

Alle anderen Ableitungen aus Zahlwörtern dagegen schreibt man nun einheitlich **mit** Bindestrich:

3-Tonner, 2-Pfünder, 8-Zylinder, 5-mal, 100-prozentig, 1-zeilig, 17-jährig.

Die Schreibung von **Fremdwörtern** mit oder ohne Bindestrich finden Sie unter dem nun folgenden fünften Gebot.

Das fünfte Gebot: Fremdwörter

Bei Fremdwörtern wird es jetzt leichter:

> Die Schreibung einiger Fremdwörter kann, muss aber nicht vereinfacht werden.

Das bedeutet, die neue Rechtschreibung erlaubt bei einer ganzen Reihe von Fremdwörtern Doppelschreibungen – Sie dürfen wählen, ob Sie sich nach der neuen Schreibung richten oder die Fremdwörter wie bisher schreiben. Lediglich bei zusammengesetzten Fremdwörtern gibt es einige verbindliche Änderungen, aber insgesamt sind Sie jetzt viel freier bei der Schreibung.

Beispiel: Fremdwörter

Alt	**Neu**
Delphin	*Delfin/Delphin*
Geographie	*Geografie/Geographie*
Spaghetti	*Spagetti/Spaghetti*

Sie finden im Folgenden eine kleine Auswahl der neuen Doppelschreibungen – zuerst die **konservative,** dann die **progressive** Schreibung.

Übrigens unterscheiden die Wörterbücher auch noch zwischen Haupt- und Nebenvariante: Die Hauptvariante ist die empfohlene, muss aber nicht unbedingt die neue Schreibung sein! So ist die neue Form *Biografie* zugleich die Hauptvariante, die neue Form *Spagetti* aber nur Nebenvariante, *Spaghetti* also die empfohlene Form. Um Sie nicht zu verwirren, beschränke ich mich auf die Unterscheidung zwischen „konservativer" (= alter, aber immer noch gültiger Schreibung) und „progressiver" Schreibung (neue, eingedeutschte Form).

Liste Fremdwörter

	Konservative Schreibung (alt/neu)	**Progressive Schreibung (neu)**
mit *ph* oder *f*	*Photographie* *Graphik* *Mikrophon* *Orthographie* *Phon*	*Fotografie* *Grafik* *Mikrofon* *Orthografie* *Fon*
aber nur:	*Metapher, Sphäre, Philosophie*	

mit *gh* oder *g*	*Ghetto* *Joghurt*	*Getto* *Jogurt*
mit *y* oder *j*	*Yacht* *Yoga*	*Jacht* *Joga*
mit *c* oder *k*	*Kode* *circa*	*Code* *zirka*
mit *rh* oder *r*	*Katarrh*	*Katarr*
mit *c* oder *ss/ß*	*Necessaire* *Sauce*	*Nessessär* *Soße*
mit *ch* oder *sch*	*Chicorée* *Sketch*	*Schikoree* *Sketsch*
mit *th* oder *t*	*Kathode* *Panther* *Thunfisch*	*Katode* *Panter* *Tunfisch*
aber nur:	*Apotheke, Athlet, Diskothek, Ethos, Orthographie/Orthografie, Thermometer, Thermostat*	
mit *c* oder *z*	*Acetat* *Penicillin* (fachsprachlich) *circa*	*Azetat* *Penizillin* *zirka*
mit *é* oder *ee*	*Dekolleté* *Varieté* *Exposé*	*Dekolletee* *Varietee* *Exposee*
mit *nn* oder *n*	*Bonbonniere* *Ordonnanz*	*Bonboniere* *Ordonanz*

Auch einige Einzelwörter aus dem Französischen und anderen Sprachen wurden eingedeutscht. So können Sie jetzt schreiben (im Zweifelsfall sollten Sie hier im Wörterverzeichnis nachschlagen):

Waggon	oder	*Wagon*
Bravour	oder	*Bravur*

Csárdás	oder	*Csardas*
Grizzlybär	oder	*Grislibär*
Portemonnaie	oder	*Portmonee*

Achtung – hier ändert sich nichts!

Wie Sie aus der Tabelle schon ablesen konnten, ändert sich bei einigen Fremdwörtern nichts. Es sind vor allem naturwissenschaftliche oder kulturträchtige Wörter, bei denen Sie weiterhin nur *ph*, *rh* oder *th* schreiben dürfen. So bleiben sowohl die *Unternehmensphilosophie* als auch viele andere Wörter unverändert. Neben den oben genannten müssen Sie zum Beispiel auch weiterhin schreiben:

Ethik, Mathematik; Phallus, Pharma-, Philharmonie, Philologie, Phosphor, Phrase, Physik, Physiologie; Rhapsodie, Rhesusfaktor, Rhetorik; Theater, Theke, Theologe, Therapeut, Thermo-, These, Thron, Thymian.

Welche Schreibung anwenden?

Vielleicht werden Sie fragen: Soll ich die neuen Fremdwortschreibungen anwenden oder nicht? Zunächst gilt hier wieder die Empfehlung:

- *Entscheiden Sie sich für eine klare Linie!*

Zweifellos können die neuen Schreibungen fortschrittlicher wirken. Jedenfalls war eine allmähliche Eindeutschung von Fremdwörtern schon immer ein völlig normaler Vorgang. Wussten Sie zum Beispiel, dass das ursprüngliche *Bureau schon* seit 1902 als *Büro* zugelassen war, sich aber erst ab den 50er Jahren durchgesetzt hat? Wir durften bisher auch schon *Schofför* statt *Chauffeur* schreiben – genutzt wurde das allerdings selten.

Grundsätzlich haben Sie zwei Möglichkeiten:

- Sie orientieren sich an den **progressiven** Schreibungen. Dann können Sie viele Entscheidungen selbst, ohne einen Blick ins Wörterverzeichnis, treffen. Denken Sie etwa an die Reihe *Biografie, Grafik, Fotografie, Orthografie* ... Allerdings müssen Sie, wenn Sie konsequent sind, dann auch *Grislibär, Ketschup* und *Spagetti* schreiben – falls Sie diese Wörter tatsächlich jemals schreiben müssen.
- Wenn Sie damit Schwierigkeiten haben, wählen Sie die **Hauptvariante,** das ist die in den Wörterbüchern zuerst genannte. Dann dürfen Sie *Spaghetti* schreiben, müssen aber z. B. zwischen *Biografie* und *Lithographie* unterscheiden. Mit anderen Worten: Sie müssen häufiger nachschlagen.

Vom „Potential" zum „Potenzial"

Deutlich leichter haben Sie es in Zukunft mit Fremdwörtern wie *substantiell* oder *Potential.* Die Endungen dieser Wörter dürfen Sie nun auch, entsprechend den Wortstämmen, mit *z* schreiben; die Stammschreibung ist immer Hauptvariante, z. B.:

- *substanziell* von *Substanz* (daher Hauptvariante) oder
- *substantiell* (Nebenvariante).

Um der Einheitlichkeit willen ist nun neben *preziös* auch *pretiös* erlaubt.

Beispiel

Alt/Neu	Neu	Beispiel
-tial	*-zial*	*Potenzial/Potential, Differenzial/Differential*
-tiell	*-ziell*	*substanziell/substantiell, präferenziell/präferentiell*
-ziös	*-tiös*	*preziös/pretiös*

Wie bei den anderen Neuschreibungen, bei denen Sie zwei Möglichkeiten haben, sollten Sie auch hier einheitlich vorgehen. Halten Sie sich an die **Hauptvariante,** also an die Stammschreibung. Schreiben Sie also *substanziell* und *Potenzial.*

Vorsicht, Falle

Geht der Stamm aber auf *t* aus, darf auch nur *t* geschrieben werden, also z. B. nur *exponentiell* (wegen *Exponent*)! Nur mit *z* geschrieben werden *tendenziell* (von *Tendenz*) und *kommerziell* (von *Kommerz*).

Aus „Babies" werden „Babys"

Fremdwörter aus dem Englischen, die auf *-y* enden und im Englischen den Plural *-ies* haben, erhalten im Plural ein *-s.*

Während nach der alten Regelung bei Fremdwörtern aus dem Englischen, die im Singular auf *-y* enden, die Schreibung der Mehrzahlform (Pluralform) unterschiedlich geregelt war, ist jetzt einheitlich die Schreibung *-ys* vorgeschrieben; die englische Endung *-ies* entfällt also. Die Endung *-ys* gilt selbstverständlich auch für den Genitiv Singular, sofern dieser mit *-s* gebildet wird (*des Babys*).

Das betrifft auch das zwar englisch klingende, im Englischen aber gar nicht existierende Wort *Handy,* das in der Mehrzahl und im Genitiv Singular *(die/des) Handys* geschrieben wird.

Baby: des/die Babys
Dummy: des/die Dummys
Hobby: des/die Hobbys
Lobby: die Lobbys
Rowdy: des/die Rowdys
Daddy: des/die Daddys
Handy: des/die Handys
Lady: die Ladys
Party: die Partys
Teddy: des/die Teddys

„Cashflow" und „Management-Buy-out" – zusammengesetzte Fremdwörter

Zusammengesetzte Fremdwörter wurden bisher uneinheitlich geschrieben. So schrieb man z. B. *Grand Slam,* aber *Corned beef,* obwohl der zweite Bestandteil jeweils ein Substantiv ist.

Die neue Regelung sieht für Zusammensetzungen, deren letzter Bestandteil ein **Substantiv** ist und in denen keine Präposition vorkommt, als Normalfall die **Zusammenschreibung** vor:

Airbag
Assessmentcenter
Assessmentcentermethode
Background
Bigband
Blackbox
Bluejeans
Cashflow
Hardware
Homebanking
Jetset
Jobsharing
Jointventure
Productplacement
Secondhandshop
Selfmademan

Cashflowanalyse
Comeback
Cornedbeef
Dutyfreeshop
Flipchart
Shareholdervalue
Softdrink
Timesharing
Streetwork
Upperclass

Wenn's unübersichtlich wird, Bindestrich setzen!

Wenn Ihnen die zusammengesetzte Form zu komplex erscheint oder wenn Sie einzelne Bestandteile hervorheben wollen, dürfen Sie den Bindestrich verwenden. Das **Substantiv** als letzten Bestandteil müssen Sie dann immer großschreiben:

Assessment-Center
Desktop-Publishing
Duty-free-Shop
Midlife-Crisis
Product-Placement
Shareholder-Value

Das kann vor allem sinnvoll sein, wenn deutsche und fremdsprachige Wörter kombiniert werden:

Assessmentcenter-Methode
Cashflow-Analyse
Hedging-Strategie
Last-Minute-Reise
Overhead-Projektor
Prozess-Benchmarking
Shareholder-Value-Ansatz
Venture-Capital-Beteiligung

Aber denken Sie daran: Der übermäßige Gebrauch von Bindestrichen gibt jedem Text etwas „Abgehacktes". Also versuchen Sie nach Möglichkeit, nicht zu viele Bindestriche zu verwenden!

Hier haben Sie die Wahl zwischen Getrennt- und Zusammenschreibung

Bei Zusammensetzungen aus **Adjektiv** und **Substantiv** darf in den meisten Fällen, in Anlehnung an die Ausgangssprache, auch getrennt geschrieben werden, dann aber **ohne** Bindestrich (und das Substantiv selbstverständlich groß):

Compactdisc	oder	*Compact Disc*
Cooljazz	oder	*Cool Jazz*
Cornedbeef	oder	*Corned Beef*
Grandslam	oder	*Grand Slam*
Hotdog	oder	*Hot Dog*
Leanmanagement	oder	*Lean Management*
Leanproduction	oder	*Lean Production*
Shortstory	oder	*Short Story*
Softdrink	oder	*Soft Drink*

Bei mehrsilbigem Adjektiv ist wegen der größeren Übersichtlichkeit Getrenntschreibung besonders sinnvoll:

Corporate Identity

Sie haben nun also auch die Wahl zwischen *Jointventure* und *Joint Venture*, denn *Joint* hat hier nichts mit Marihuana zu tun, sondern meint das Adjektiv *joint (gemeinsam).*

Fremdwörter aus dem Französischen

Übrigens sieht das Wörterverzeichnis der Rechtschreibreform nicht *Grandprix*, sondern nur *Grand Prix* vor. Im DUDEN-Fremdwörterbuch finden Sie diese Schreibweise ebenfalls; allerdings legt sich dieses Wörterbuch dann auf *Grand-*

hotel ohne Alternative fest. Sie sehen: Bei Fremdwörtern, die nicht aus dem Englischen stammen, sind die Schreibungen nach wie vor nicht ganz einheitlich.

Ist in Fremdwörtern das Adjektiv nachgestellt, z.B. bei Wörtern aus dem Französischen, wird wie in der Ausgangssprache geschrieben, also ohne Bindestrich:

Action directe, Art déco (von frz. *Art décoratif), Pommes frites.*

Bei erweiterten Zusammensetzungen steht der Bindestrich:
Art-déco-Leuchter

Wann Sie den Bindestrich setzen müssen

Kommen in Zusammensetzungen Präpositionen oder Konjunktionen, also **„kleine Wörter"**, vor, muss der Bindestrich stehen (das sagt Ihnen auch Ihr Sprachgefühl). Dann müssen Sie ihn allerdings auch zwischen alle Bestandteile setzen; das würden Sie ja bei deutschen Zusammensetzungen auch machen, etwa bei:

Kopf-an-Kopf-Rennen, Mund-zu-Mund-Beatmung,
daher auch: *Business-to-Business.*

Auch bei der Verdopplung von Wörtern in Zusammensetzungen steht der Bindestrich, da diese Bildungen sonst nicht so leicht zu erkennen wären:

Go-go-Girl *Go-go-Funds*

▪ *Merken Sie sich bei zusammengesetzten Fremdwörtern, dass Substantive immer großgeschrieben werden, Wörter anderer Wortarten im Inneren der Verbindung dagegen klein.* ▪

Das kann manchmal etwas verwirrend sein: So schreibt man *time* in *Just-in-time-Produktion* klein, denn der englische Bestandteil dieser Zusammensetzung ist das Adverb *just in time (rechtzeitig).* Auch *iron* in *No-iron-Bluse* wird kleingeschrieben, weil nicht das Substantiv *(Bügeleisen),* sondern das Verb mit der Bedeutung *bügeln* gemeint ist. Weitere Beispiele:

Management-by-Techniken
Park-and-ride-System
Stop-and-go-Verkehr
Turn-around-Situation.

Hier wird der Bindestrich bevorzugt

Zusammensetzungen, deren letzter Bestandteil **kein Substantiv** ist, werden bevorzugt mit Bindestrich geschrieben. Deshalb ist z. B. *Come-back* die Hauptvariante, *Comeback* die Nebenvariante. Weitere Beispiele hierzu sind:

Buy-out
Break-down (auch: *Breakdown)*
Black-out (auch: *Blackout)*
Count-down (auch: *Countdown)*
Déja-vue
Lay-out (auch: *Layout)*
Management-Buy-out
Make-up
Stop-over.

Denken Sie aber daran: Nachgestellte Adjektive werden geschrieben wie in der Ausgangssprache, also ohne Bindestrich! Merken Sie sich am besten stellvertretend für alle anderen:

Pommes frites.

▪ *Als Faustregel gilt: Zusammengesetzte Fremdwörter mit Substantiven als letztem Bestandteil werden jetzt bevorzugt zusammengeschrieben. Merken Sie sich als Beispiel den* **Airbag**. *Ist der letzte Bestandteil kein Substantiv, sollten Sie den Bindestrich verwenden. Prägen Sie sich als Beispiel den* **Stop-over** *ein.*
Kommen in der Verbindung ‚kleine Wörter' vor, muss der Bindestrich stehen. Hier können Sie sich den **Stop-and-go-Verkehr** *merken.* ▪

Das sechste Gebot: Getrenntschreibung

Getrennt oder zusammen? Das ist ein nicht ganz leichtes Kapitel in unserem TaschenGuide – doch gegenüber der alten Rechtschreibung ist nun vieles einfacher. Die Faustregel der neuen Rechtschreibung haben Sie ja schon kennen gelernt:

Faustregel: Schreibe, wo möglich, getrennt!

Das bedeutet, die Getrenntschreibung von unmittelbar aufeinander bezogenen Wörtern ist sozusagen der Normalfall.

Aber, wie es so ist bei Faustregeln, gibt es Ausnahmen. Diese Ausnahmeregeln werden Sie im siebten Gebot erfahren. Doch wenn Sie die folgenden Regeln beherrschen, werden Sie hier schon einige Sicherheit erlangt haben.

Zunächst also zum sechsten Gebot. Es besteht aus zwei Teilen, da es sich auf zwei verschiedene große Wortgruppen bezieht:

- Getrenntschreibung von Verbindungen mit Verben
- Getrenntschreibung von Verbindungen mit Adjektiven oder Partizipien.

Von „Auto fahren" bis „zunichte machen"

Teil I: Wortverbindungen mit Verben werden in der Regel getrennt geschrieben.

Beispiel: Verben

Alt	Neu
beisammen sein	*beisammen sein*
kennenlernen	*kennen lernen*
fernliegen	*fern liegen*
lästigfallen	*lästig fallen*
getrennt schreiben	*getrennt schreiben*
haltmachen	*Halt machen*
radfahren	*Rad fahren*
Auto fahren	*Auto fahren*

Wann Sie Verbverbindungen in jedem Fall getrennt schreiben müssen

Es gibt sieben Bedingungen, unter denen Sie Verbverbindungen immer getrennt schreiben müssen. Wenn Sie sich diese Bedingungen merken, können Sie nach kurzem Nachdenken in Zukunft selbst korrekt entscheiden, ob getrennt oder zusammengeschrieben wird!

Schreiben Sie dann getrennt,

1 wenn ein mehrteiliges Umstandswort (Adverb) und ein Verb zusammentreffen, z. B. *vorwärts blicken;* oder

2 wenn Sie das Adjektiv vor dem Verb steigern oder erweitern können, z. B. *gut gehen – besser gehen;* oder

3 wenn das Adjektiv vor einem Verb auf *-ig, -isch* oder *-lich* endet: *übrig bleiben.*

4 Außerdem immer getrennt beim Verb *sein: aus sein;* oder

5 wenn zwei Verben zusammentreffen, z. B. *kennen lernen;* oder

6 wenn ein Partizip und ein Verb zusammentreffen wie in *gesagt bekommen;* oder

7 wenn ein Substantiv und ein Verb zusammentreffen, etwa *Schlange stehen, Auto fahren.*

Die Bedingungen im Einzelnen

1 **Zusammensetzungen aus mehrteiligem Umstandswort (Adverb) + Verb werden getrennt geschrieben.**

Schreiben Sie also:

abhanden kommen	*fürlieb nehmen*
aneinander denken	*überhand nehmen*
anheim fallen (geben, stellen)	*vonstatten gehen*
auseinander gehen	*vorwärts blicken*
beiseite legen (stellen, schieben)	*zunichte machen*
	zuteil werden.

Beispiel: *Die Asienkrise hat unsere Pläne zunichte gemacht. Jetzt müssen wir uns mit den Folgen auseinander setzen.*

Die nächsten beiden Bedingungen gelten, wenn Adjektive und Verben zusammentreffen:

2 Verbindungen aus Adjektiv + Verb werden getrennt geschrieben, wenn der erste Bestandteil erweiterbar oder steigerbar ist.

Um sicherzugehen, ob das Adjektiv in dieser Verbindung erweiterbar oder steigerbar ist, sollten Sie am besten den Test machen und die Steigerungsform einsetzen oder z. B. *sehr*, *ganz* oder *weniger* voranstellen, es also erweitern. Wenn das funktioniert, schreiben Sie getrennt:

- Wenn Sie Ihr Produkt *bekannt gemacht haben*, können Sie es auch *noch bekannter machen.*
- Schön, dass das Geschäft momentan *gut geht*, aber vielleicht könnte es im nächsten Monat noch *besser gehen.*
- Wollen Sie Ihre Kunden *zufrieden stellen* – oder nicht lieber *völlig zufrieden stellen*?
- Wenn Ihnen die Arbeit heute *schwer fällt*, hoffen wir, dass sie Ihnen morgen *weniger schwer fällt.*

Beachten Sie aber: Die Erweiterung mit *nicht* (Verneinung) gilt in diesem Test nicht!

Schauen Sie sich die folgenden Beispiele in Ruhe an und überlegen Sie jeweils, inwiefern der erste Bestandteil erweiterbar oder steigerbar ist.

Beispiel: Adjektiv + Verb getrennt schreiben

fern liegen, genau nehmen, schlecht gehen, hell strahlen, hoch achten, laut reden, nahe bringen, schwer nehmen, frei sprechen (= ohne Manuskript sprechen, aber: *freisprechen* = nicht verurteilen*), gut schreiben* (im Gegensatz zu *schlecht schreiben;* aber: *gutschreiben* in der Bedeutung

Gutschrift), fest halten (*nicht loslassen,* aber: *festhalten* wie in *die Aussage festhalten).*

Sie müssen jetzt auch – wahrscheinlich entgegen Ihrem Sprachgefühl – *voll laufen* (wie in *Das Fass wird voll laufen.*) und *leer laufen* (wie in *Das Becken wird leer laufen.*) getrennt schreiben.

Folgender Test wird Ihnen nicht schwer fallen, wenn Sie die Logik, die hinter dieser Regel steht, verstanden haben.

Kleiner Test zur Übung

Überlegen Sie kurz, weshalb in den beiden folgenden Sätzen getrennt bzw. zusammengeschrieben wird:

Fritz kann schön schreiben. **aber:**
Substantive muss man großschreiben.

Lösung: Fritz könnte vielleicht noch *schöner schreiben,* aber *großschreiben* im Sinne von „mit großem Anfangsbuchstaben schreiben" kann man nur entweder ja oder nein!

Was, wenn das Adjektiv schon gesteigert ist?

In den folgenden Beispielen ist das Adjektiv schon gesteigert. Auch hier wird immer getrennt geschrieben:

Wir müssen jetzt <u>kürzer treten.</u>
Wir fragen uns, was <u>näher liegt</u> als diese brillante Lösung.
Die Anforderungen an unsere Nachwuchskräfte werden ständig <u>höher geschraubt</u>, dafür sollte man sie jetzt auch <u>besser stellen</u> und ihre Gehälter <u>höher stufen.</u>

Wenn Sie der vorige Abschnitt gestresst haben sollte, können Sie sich jetzt entspannen. Denn ganz leicht haben Sie es, wenn das Adjektiv, als erster Bestandteil, auf *-ig, -isch, -lich* endet: Dann wird immer getrennt geschrieben.

3 Verbindungen aus Adjektiv + Verb werden getrennt geschrieben, wenn das Adjektiv auf *-ig, -isch, -lich* endet.

In den meisten Fällen haben Sie das auch schon in der alten Rechtschreibung getan, aber es gab viele Ausnahmen, die eine häufige Fehlerquelle waren.

Beispiel: Adjektive auf *-ig/-lich/-isch* + Verb – getrennt schreiben!

Alt	Neu	Beispiel
nützlich machen	*nützlich machen*	*Wo er konnte, versuchte er sich nützlich zu machen.*
freundlich grüßen	*freundlich grüßen*	*Lassen Sie ihn freundlich grüßen von mir.*
kritisch denken	*kritisch denken*	*Wir wollen weiterhin kritisch denken.*
richtigstellen	*richtig stellen*	*Herr Wunder will seine Aussage richtig stellen.*
fertigmachen	*fertig machen*	*Können Sie diese Übersicht heute noch fertig machen?*
fertigstellen	*fertig stellen*	*Die Anlage müssen wir noch in diesem Jahr fertig stellen.*
übrigbleiben	*übrig bleiben*	*Es wird uns nichts anderes übrig bleiben, als ihm abzusagen.*
übriglassen	*übrig lassen*	*Die Kinder werden uns nichts übrig lassen.*
heimlichtun	*heimlich tun*	*Warum soll man hier heimlich tun?*

4 Verbindungen mit dem Verb sein werden getrennt geschrieben

Auch diese Bedingung ist ausgesprochen komfortabel. Sie brauchen sich nur zu merken, dass Verbindungen mit dem Verb *sein* stets getrennt geschrieben werden, weil sie nicht als Zusammensetzungen gelten.

Die Frage von Getrennt- oder Zusammenschreibung stellt sich allerdings nur in den Fällen, in denen das Verb *sein* entweder im Infinitiv (der Nennform) – *Er wird da sein. ... , dass er da sein wird* – oder in einer Partizip-(Mittelwort-)Form: *Er ist da gewesen* gebraucht wird. In den anderen Fällen versteht sich die Getrenntschreibung von selbst, z. B.: *Wir sind zusammen. ... dass er da ist.*

Beispiel: Verbindungen mit *sein* immer getrennt

aus sein – Das Kopierpapier könnte aus sein.

außer Stande/außerstande sein – Ich glaube, dass Herr Meier außer Stande/außerstande sein dürfte, diese Arbeit zu erledigen.

beisammen sein – Wann werden wir das nächste Mal in dieser Runde beisammen sein?

da sein – Die Entscheidung hängt davon ab, ob der Umsatzplan schon da sein wird.

fertig sein – Wann soll das Gebäude fertig sein?

zu Mute/zumute sein – Wie wird ihm jetzt zu Mute/zumute sein?

Nun folgen noch zwei Bedingungen, die bei Verbindungen zweier Verben bzw. einer Partizipform und einem Verb gelten:

5 Verbindungen aus Verb in der Nennform (= Infinitiv) + Verb werden getrennt geschrieben.

Diese Bedingung macht vieles einfacher, denn hier gab es in der alten Regelung zahlreiche Ausnahmen.

Beispiel: getrennte Verben

Alt	**Neu**
kennenlernen	*kennen lernen*
laufen lernen	*laufen lernen*
liegenlassen	*liegen lassen*
spazierengehen	*spazieren gehen*

▪ *Ein kleiner Tipp, wie Sie sich diese Bedingung, aber auch die anderen merken können: Versuchen Sie, sich eines der Beispiele einzuprägen (etwa: „*Stehen lassen *jetzt getrennt!") und wenden Sie die Regel auf alle ähnlichen Fälle an.* ▪

6 Verbindungen aus Partizip + Verb werden getrennt geschrieben

Auch hier handelt es sich um Verbindungen von Verben, allerdings steht das erste in der Partizipform.

Das Partizip – hier geht es um das sog. Partizip II – ist die Form, die nach den Hilfsverben „ich habe" oder „ich bin" etc. folgt, z. B. *Ich habe ihm das Buch geschenkt.* oder *Er war getrennt von seiner Frau.*

Wenn Sie sich nicht sicher sind, ob es sich bei dem Wort um ein Partizip handelt, versuchen Sie, einen Infinitiv (die Nennform) zu bilden:

gefangen nehmen – von *fangen*
geschenkt bekommen – von *schenken*

verloren gehen	–	von *verlieren*
getrennt schreiben	–	von *trennen*

Ein Test zur Erinnerung

Denken Sie einmal kurz darüber nach, weshalb Sie zwar *großschreiben* in *Substantive muss man großschreiben!* zusammenschreiben müssen, *getrennt schreiben* aber getrennt.

Lösung: *getrennt* ist ein Partizip!

Aber vielleicht stellen Sie jetzt mit Schrecken fest, dass Sie sich nicht mehr daran erinnern, weshalb im obigen Satz *großschreiben* zusammengeschrieben wird?

Lösung: *groß* ist in diesem Zusammenhang nicht steiger- oder erweiterbar.

So können Sie sich als Eselsbrücke merken:

- *Verbindungen von Partizip + Verb werden getrennt geschrieben wie „getrennt schreiben“.*

7 Verbindungen aus Substantiv + Verb werden getrennt geschrieben.

Dies ist eine höchst erfreuliche Neuerung, denn nun schreibt man konsequent:

Angst haben	*Not leiden*
Auto fahren	*Maschine schreiben*
Diät halten	*Posten stehen*
Eis laufen	*Pleite machen*
Feuer fangen	*Rad fahren*

Kopf stehen
Leid tun
Rat suchen
Ski laufen.

Wenn Verbindungen aus Substantiv und Verb substantiviert gebraucht werden, schreibt man aber immer zusammen. Das sagt Ihnen auch Ihr Sprachgefühl: *das Radfahren, beim Autofahren, zum Diäthalten.*

Vorsicht, Falle!

Die unter 7 formulierte Regel gilt immer dann, wenn das Substantiv als solches zu erkennen ist und auch wie ein Substantiv gebraucht wird. Das heißt umgekehrt:

Wenn die Bedeutung des Substantivs verblasst ist, so dass sich aus der Verbindung ein neues Wort ergibt, wird zusammengeschrieben.

Keine Angst vor dieser Ausnahme: Sie entspricht auch unserem Sprachgefühl und bedeutet keine Änderung gegenüber der alten Regelung:

- *heimsuchen* bedeutet z. B. nicht, dass man sich ein Heim sucht,
- *standhalten* nicht, dass man Inhaber eines Marktstandes ist, usw. (mehr dazu im nächsten Kapitel.)

Nun haben Sie eine ganze Menge über die Verbindungen mit Verben gelernt. Doch was ist mit den Verbindungen, die als zweiten Teil ein Adjektiv oder ein Partizip haben?

Von „Rat suchend" bis „weit verzweigt"

Der zweite Teil des sechsten Gebots betrifft Verbindungen aus verschiedenen Wortarten, wobei der zweite Bestandteil immer ein Adjektiv oder Partizip ist.

Zur Erinnerung: Ein Partizip oder Mittelwort leitet sich von einem Verb ab, z. B. *gerufen* von *rufen* und *suchend* von *suchen.* Wenn ein Partizip oder ein Adjektiv also an zweiter Stelle stehen, gilt folgende Regel:

Teil II: Wortverbindungen mit Eigenschaftswörtern (Adjektiven) oder Mittelwörtern (Partizipien) werden in der Regel getrennt geschrieben.

Nach der alten Rechtschreibung wurden diese Verbindungen uneinheitlich geschrieben. Richtig war z. B. Zusammenschreibung in *kochendheißes Wasser*, aber Getrenntschreibung in *Das Wasser war kochend heiß.* Nun wird Getrenntschreibung von Verbindungen mit Adjektiven oder Partizipien als zweitem Bestandteil – wie bei den Verbindungen mit Verben – zum Regelfall.

Beispiel: Adjektiv und Partizip an 2. Stelle

Alt	**Neu**
fertiggestellt	*fertig gestellt*
profitbringend	*Profit bringend*
ratsuchend	*Rat suchend*
schmutziggrau	*schmutzig grau*

schwerkrank	*schwer krank*
vertrauenerweckend	*Vertrauen erweckend*
weitverzweigt	*weit verzweigt*

Getrenntschreibung ist zwar der Regelfall, aber es gibt, wie wir unter dem siebten Gebot sehen werden, auch Ausnahmen. Deshalb ist es sinnvoll, sich die vier Bedingungen einmal anzusehen, unter denen solche Verbindungen getrennt geschrieben werden.

Die ersten beiden Bedingungen gelten, wenn zwei Adjektive zusammen stehen.

1 **Verbindungen von Adjektiv + Adjektiv, bei denen das erste Adjektiv auf *-ig, -isch, -lich* endet, werden getrennt geschrieben.**

Diese Regelung ist besonders leicht zu befolgen – Sie müssen ja nur auf die Endung des ersten Adjektivs achten. Gegenüber dem alten Gebrauch hat sich wenig verändert, denn Sie haben z. B. ja immer schon *winzig klein* geschrieben. Neu ist u. a., dass nun auch Mischfarbenbezeichnungen mit dem ersten Bestandteil auf *-lich* konsequent getrennt geschrieben werden müssen:

grünlich gelb, rötlich braun.

Haben Sie schon bemerkt, dass diese Regelung mit der für Zusammensetzungen aus Adjektiv und Verb wie in *fertig stellen, übrig bleiben* etc. übereinstimmt?

2 Verbindungen von Partizip und Adjektiv werden getrennt geschrieben.

Diese Bedingung entspricht vielleicht auch eher Ihrem Sprachgefühl als so manche Schreibungen der alten Regelung, die uneinheitlich waren.

Schreiben Sie jetzt nicht nur:	sondern auch:
abschreckend hässlich,	*blendend weiß,*
gestochen scharf oder	*kochend heiß* und
bestrickend einfach,	*leuchtend rot.*

Damit wird nicht mehr unterschieden zwischen *ein blendend weißes Kleid* (früher *blendendweiß*) und *Das Kleid ist blendend weiß.*

3 Verbindungen mit Adjektiv oder Partizip werden getrennt geschrieben, wenn der erste Bestandteil erweitert oder gesteigert bzw. erweiterbar oder steigerbar ist.

Ist der erste Teil erweitert oder gesteigert, haben Sie mit der Schreibung keine Probleme:

vor Freude strahlend, gegen Hitze beständig, zwei Finger breit, drei Meter hoch, seiner selbst bewusst, sehr ernst gemeint, besser verdienend, leichter verdaulich.

Auch wenn der erste Bestandteil zwar nicht gesteigert oder erweitert ist, aber gesteigert oder erweitert werden kann, wird getrennt geschrieben. Sie merken hier sicher wieder, dass dies den Regeln für die Zusammensetzungen mit Verben entspricht, wie *gut gehen* – wegen *besser gehen.*

Genauso gilt jetzt auch die Getrenntschreibung von Wörtern wie *dicht besiedelt*, denn was *dicht besiedelt* ist, könnte auch *sehr dicht besiedelt* sein. Weitere Beispiele:

dünn bewachsen
schwach bevölkert
schwer beladen
frisch gebacken
schlecht beraten
gut gehend usw.

4 Verbindungen mit Partizipien werden getrennt geschrieben, wenn die entsprechenden Infinitivformen getrennt geschrieben werden.

Weil sich Partizipien von Verben ableiten, ist diese Bedingung ganz einfach nachzuvollziehen: Wenn *fertig werden* getrennt geschrieben wird, wird auch *fertig* <u>*geworden*</u> getrennt geschrieben. Gleiches gilt für:

beisammen gewesen (wegen *beisammen sein*)
abhanden gekommen (wegen *abhanden kommen*)
auswendig gelernt (wegen *auswendig lernen*)
laut redend, gefangen genommen, kennen gelernt, Rat suchend, Not leidend, Rad fahrend usw.

Diese Regel gilt bis auf eine Ausnahme: Das Wort *richtiggehend* in der Bedeutung von *regelrecht* schreiben Sie zusammen:

Dem neuen Produkt haben wir einen richtiggehenden Massenansturm zu verdanken.

Getrennt geschrieben wird in der wörtlichen Bedeutung:

Endlich habe ich eine richtig gehende Uhr.

Bei der Schreibung von Partizipien-Verbindungen müssen Sie überlegen, ob die zu Grunde liegenden Verben (im Infinitiv) getrennt geschrieben werden.

Allerdings gibt es durch diese Regelung auch Änderungen in der Schreibung von Substantiv-Partizipverbindungen, die Ihnen vielleicht zunächst ungewohnt vorkommen:

„Öl fördernd" – eine wichtige Neuerung

Doch wenn Sie sich klarmachen, dass *Öl fördernd* auf den Infinitiv *Öl fördern* zurückgeht, wird Sie die neue Schreibung nicht verwundern!

Auch hier hat sich die Schreibung geändert:

Alt	**Neu**
aufsehenerregend	*Aufsehen erregend*
eisenverarbeitend	*Eisen verarbeitend*
fleischfressend	*Fleisch fressend*
kostensparend	*Kosten sparend*
schmutzabweisend	*Schmutz abweisend*

In all diesen Fällen kann das Substantiv alleine mit dem Verb stehen, d. h. Sie können formulieren:

erregt Aufsehen, verarbeitet Eisen, spart Kosten usw.

Vorsicht Falle!

Das ist bei den folgenden Verbindungen anders:

Angst + erfüllt läßt sich nicht zu *erfüllt Angst* umformulieren, *Freude strahlend* nicht zu *strahlt Freude.* Und diesen

Verbindungen liegen auch nicht Infinitivformen wie *Angst erfüllen* oder *Freude strahlen* zu Grunde!

Tatsächlich stehen die Substantive hier für **Wortgruppen,** nämlich:

angsterfüllt – von Angst erfüllt und
freudestrahlend – vor Freude strahlend.

In Einklang mit unserem Sprachgefühl bilden diese Zusammensetzungen, im Unterschied etwa zu *Rat suchend,* **ein** Wort! Und deshalb schreiben wir sie klein und zusammen! Mehr dazu erfahren Sie unter dem 7. Gebot.

Machen Sie den Infinitiv-Test

Wenn Sie unsicher sind, ob diese Verbindungen getrennt oder zusammengeschrieben werden, machen Sie folgenden **Infinitivtest:** Versuchen Sie, die Konstruktion in ein Substantiv + Verb im Infinitiv aufzulösen. Wenn das ohne einen „Zusatz" geht, das Substantiv also für sich stehen kann, wird getrennt und großgeschrieben, wenn nicht, wird zusammengeschrieben.

Verbindungen von Substantiv und Partizip werden getrennt geschrieben, wenn das Substantiv nicht für eine Wortgruppe steht, sondern sich selbst genügt.

Test: Substantiv und Partizip zusammen oder getrennt?

Partizipverbindung	**Test**
eine Kosten sparende Lösung	*Kosten sparen, ... spart Kosten*
ein Vertrauen erweckender Eindruck	*Vertrauen erwecken, ...erweckt Vertrauen*
die Strom erzeugende Industrie	*Strom erzeugen, ...erzeugt Strom*
das hitzebeständige Material	Nicht: *Hitze bestehen, ...besteht Hitze,* sondern: ***gegen*** *Hitze beständig*
eine bahnbrechende Idee	nicht *Bahn brechen, ...bricht Bahn,* sondern: ***sich eine*** *Bahn brechen(d)*
milieubedingt	nicht: *Milieu bedingen, ...bedingt Milieu,* sondern: ***durch das*** *Milieu bedingt*

Erweiterte oder gesteigerte Formen

Manche Verbindungen aus Substantiv und Partizip können gesteigert oder um ein Adverb erweitert gebraucht werden, so zum Beispiel *Vertrauen erweckend* und *Kosten sparend.*

Wenn diese Verbindungen gesteigert oder um ein Adverb erweitert gebraucht werden, bilden sie zusammengesetzte Adjektive und man schreibt sie zusammen:

Dieser Berater wirkt noch vertrauenserweckender als sein Kollege.
Dieses Modell ist äußerst kostensparend

Weil in Ausdrücken wie *äußerst kostensparend* die Substantiv-Partizip-Verbindung zusammengeschrieben wird, diskutiert man, ob nicht neben *Dieses Modell ist Kosten sparend* auch *Dieses Modell ist kostensparend* erlaubt sein soll. Solange diese Frage nicht entschieden ist, sollten Sie aber nur die **tatsächlich gesteigerten bzw. erweiterten Formen** zusammenschreiben, nicht die Grundformen.

Das siebte Gebot: Zusammenschreibung

Im vorigen Kapitel haben Sie alle Bedingungen kennen gelernt, unter denen Sie getrennt schreiben. Wenn Sie diese Bedingungen verstanden haben, beherrschen Sie auch die Zusammenschreibung – denn natürlich ergänzen sich diese beiden Gebote. Dennoch ist es sinnvoll, wenn Sie sich das siebte Gebot und seine Bedingungen durchlesen. Erstens erhöht das Ihre Sicherheit in der Getrennt- und Zusammenschreibung und zweitens sehen Sie, dass in der neuen Regelung alle Fälle vollständig erfasst sind. Wenn Sie die Regeln beherrschen, werden Sie ohne lästiges Blättern im Wörterbuch auch hier korrekt schreiben. Im Übrigen werden Sie sehen, dass sich hier gar nicht so viel geändert hat.

Von „abändern" bis „wetteifern"

Dieses Gebot besteht, wie das sechste Gebot, aus zwei Teilen. Der erste bezieht sich wieder auf Verbindungen von Wörtern, deren zweiter Bestandteil ein Verb ist. Dabei gilt die Regel unter fünf Bedingungen.

Teil I: Wortverbindungen mit Verben werden zusammengeschrieben, wenn der erste Teil

1 eine abtrennbare Vorsilbe ist (Beispiel: *abändern*),

2 nicht abgetrennt werden kann (Beispiel: *wehklagen*),

3 niemals selbstständig vorkommt (Beispiel: *weismachen*),

4 nicht erweiterbar oder steigerbar ist (Beispiel: *schwarzarbeiten*),

5 ein verblasstes Substantiv ist (Beispiel: *heimsuchen*).

Verben des Typs „abändern"

1 Verbindungen mit Verben werden zusammengeschrieben, wenn der erste Bestandteil eine abtrennbare Vorsilbe ist.

Beachten Sie folgende Beispiele:

ablegen	*loslassen*
dagegenstimmen	*wegnehmen*
fortfahren	*zusammenlegen*

Diese Vorsilben (sogenannte Präfixe) sind offensichtlich Bestandteile der Verben, mit denen sie stehen. Im Infinitiv (der Nennform) empfinden wir diese Zusammensetzungen deshalb als **ein** Wort, und es ginge gegen unser Sprachgefühl, getrennt zu schreiben; stellen Sie sich vor, Sie sollten *Er will das Manuskript ab ändern.* schreiben!

In manchen Fällen würde sich durch Getrenntschreibung aber auch ein anderer Sinn ergeben; vergleichen Sie die folgenden Sätze:

- *Otto wird dabeisitzen.* bedeutet, dass Otto mit am Tisch sitzt. Das ist die Bedeutung des Verbs *dabeisitzen.*
- *Otto wird dabei sitzen.* dagegen bedeutet, dass Otto bei einer Tätigkeit nicht steht oder liegt, sondern sitzt. Das ist aber **nicht** die Bedeutung des Verbs *dabeisitzen.*

Die Unterscheidung zwischen Vorsilbe und eigenständigem Wort ist manchmal recht einfach, weil die Betonung unterschiedlich ist – achten Sie auf die betonten, hier großgeschriebenen Silben:

Otto wird daBEIsitzen. aber: *Otto wird dabei SITzen.*

Leider funktioniert das aber nicht immer, wie folgender Vergleich zeigt:

Man wollte ihn entlassen, aber er hat sich daGEgengestellt.
Die Tür bleibt offen, wenn du einen Stuhl daGEgen stellst.

Sie müssen in solchen Fällen also Ihr Sprachgefühl aktivieren, das Ihnen sagt: Die Bedeutung von *dagegenstellen* ist „Widerstand leisten". Wenn diese Bedeutung gemeint ist, wird zusammengeschrieben.

■ *In der Verordnung zur Neuregelung sind über 100 solcher Vorsilben aufgeführt. Selbstverständlich kann niemand sich diese Liste merken. Das ist aber auch nicht notwendig – vertrauen Sie auf Ihr Sprachgefühl oder schlagen Sie, wenn Sie wirklich unsicher sind, im Wörterverzeichnis nach; dort finden Sie alle Vorsilben mit Beispielen.* ■

Diese Vorsilben sind, wie die Regel schon sagt, abtrennbar. Das heißt, Vorsilbe und Verbstamm treten nur im Infinitiv, den Partizipformen und in Endstellung zusammen auf:

Er soll zurücktreten. Er hatte nichts dagegenzusetzen. ... dass er zurücktritt.

In Aussagesätzen wie in *Er ändert das Manuskript ab.* oder in Fragesätzen wie in *Schneidest du den Stoff zu?* tritt das Problem ohnehin nicht auf, weil die Vorsilbe – auch wenn es paradox klingt – nachgestellt wird!

Verben des Typs „brandmarken"

2 **Verbindungen mit Verben werden zusammengeschrieben, wenn der erste Bestandteil nicht abgetrennt werden kann.**

Beispiele sind:

brandmarken
handhaben
maßregeln
wehklagen

Ihr Sprachgefühl würde Ihnen nie und nimmer raten, etwa *Er wird ihn maß regeln.* zu schreiben! Den Test, ob es sich um einen nicht abtrennbaren ersten Bestandteil handelt, können Sie leicht selbst durchführen: Weil *Er klagt weh.* und *Er regelt maß.* nicht gehen, werden *wehklagen* und *maßregeln* zusammengeschrieben. Andere Beispiele sind:

bergsteigen (nicht: *er steigt berg)*
bruchrechnen
punktschweißen
schlussfolgern
wettlaufen.

Verben des Typs „fehlschlagen"

3 Verbindungen mit Verben werden zusammengeschrieben, wenn der erste Bestandteil nicht als selbstständiges Wort vorkommt.

Hier haben wir es mit Verben der folgenden Art zu tun:

fehlgehen/fehlschlagen	*kundgeben*
feilbieten	*weismachen.*

Gegenüber der alten Regelung hat sich nichts geändert. Meistens werden Sie auch schnell erkennen, dass der erste Bestandteil nicht als selbstständiges Wort vorkommt.

Verben des Typs „schwarzarbeiten"

4 Verbindungen mit Verben werden zusammengeschrieben, wenn der erste Bestandteil nicht erweiterbar oder steigerbar ist.

Diese Regel haben Sie schon im Kapitel „Das sechste Gebot" als Falle kennen gelernt. Sie können ganz einfach testen, ob der erste Teil des Verbs gesteigert (*gut – besser*) oder erweitert werden kann, etwa mit *sehr.* Machen Sie gleich einen Test mit den folgenden Wörtern:

bereithalten	*gutschreiben*
bloßstellen	*hochrechnen*
fernsehen	*schwarzarbeiten*
festsetzen (eine Tagesordnung)	*totschlagen*
freisprechen (bei Gericht)	*wahrsagen.*

Betrachten Sie einen Satz wie: *Wir können nicht alle Typen bereithalten.* Hier geht nicht: ... *bereiter halten* oder *sehr bereit halten.* Sie können die Typen nur bereithalten oder nicht bereithalten. Ebenso bei *Sie möchten gerne fernsehen.* Auch hier ist z. B. eine Steigerung zu ... *ferner sehen* oder eine Erweiterung zu *sehr fern sehen* nicht möglich.

Auf die Bedeutung achten!

Wenn Sie etwas *festsetzen* im Sinne von *bestimmen, wie es sein soll,* dann können Sie es nicht *noch fester setzen* oder *sehr fest setzen.* Sie können sich allerdings *sehr fest* auf Ihren Bürosessel *setzen.* Deshalb ist *festsetzen* eben etwas ganz anderes als *fest setzen.*

Eine solche Veränderung der Bedeutung bei Getrennt- bzw. Zusammenschreibung gibt es auch in den folgenden Beispielen.

Beispiel: Verben mit unterschiedlicher Bedeutung

Wie werden Ihnen den Betrag gutschreiben. (= anrechnen)	*Er kann gut schreiben, seine Schwester aber kann es besser.*
Das Gericht hat ihn freigesprochen.	*Der Anwalt hat völlig frei gesprochen.*
Er lässt sich wegen Grippe krankschreiben.	*Diesen Test sollte er nicht krank schreiben!*
Das Wort „Baum" wird großgeschrieben.	*Kollegialität wird bei uns ganz groß geschrieben.*

Sie erinnern sich sicher an den Satz:

Substantive muss man großschreiben.

Für *großschreiben* im Sinne von „mit großem Anfangsbuchstaben schreiben" gilt die Regel, dass Verbzusammensetzungen mit nicht-steigerbarem erstem Bestandteil zusammengeschrieben werden. Anders ist es in dem Satz *Teamarbeit wird bei uns groß geschrieben.* Hier könnten Sie erweitern und sagen: *Teamarbeit wird bei uns ganz groß geschrieben.*

Verben des Typs „teilhaben"

5 Verbindungen mit Verben werden zusammengeschrieben, wenn der erste Bestandteil ein in seiner Bedeutung verblasstes Substantiv ist.

Unter dem sechsten Gebot haben Sie gelernt, dass Verbindungen aus Substantiv und Verb konsequent getrennt geschrieben werden, diese Regel aber nur dann gilt, wenn das Substantiv **als solches** zu erkennen ist und gebraucht wird. Das heißt umgekehrt: Wenn die Bedeutung des Substantivs verblasst ist, so dass sich aus der Verbindung ein neues Wort ergibt, wird zusammengeschrieben.

Beispiel: Verbverbindungen mit verblasstem Substantiv

heimbringen und *-fahren, -führen, -gehen, -kehren, -suchen, -zahlen*	*Es lohnt sich nicht, heute noch heimzufahren. Diese Gemeinheit wollte er ihr heimzahlen.*
irreführen und *-leiten, -werden*	*Lassen Sie sich von dieser Ausnahme nicht irreleiten.*
preisgeben	*Sein Erfolgsrezept wird niemand so einfach preisgeben.*
standhalten	*Das Gerät hat den härtesten Tests standgehalten.*
stattfinden und *-geben, -haben*	*Die Betriebsversammlung wird diesmal im Januar stattfinden.*
teilhaben	*Alle Beteiligten haben an diesem Erfolg teilgehabt.*
wettmachen	*Im nächsten Jahr werden wir die Verluste wieder wettmachen.*
wundernehmen	*Ich glaube, dass ihn diese Regelung wundernimmt.*

Diese Regel entspricht auch unserem Sprachgefühl:

- *preisgeben* bedeutet nicht, dass jemand einem anderen einen Preis gibt,
- *wettmachen* bedeutet nicht, dass jemand eine Wette macht.

Vorsicht Falle

Leider gibt es beim Test, ob das Verb für sich eine andere Bedeutung hat, auch Grenzfälle: Immerhin könnte man argumentieren, *heimbringen* bedeute ja tatsächlich, dass jemand zu seinem trauten Heim gebracht wird (ähnlich *heimfahren* und *heimreisen*.) Oder wenn eine Tatsache *irreführt,*

führt sie eben in die Irre. Nobody is perfect – und selbstverständlich auch keine Rechtschreibregelung!

Wenn Sie sich die angegebenen Wörter in Ruhe angeschaut haben, werden Sie mit der Regel schon vertraut sein. Für alle Fälle finden Sie die Wörter aber auch im Wörterverzeichnis!

Von „extraflauschig" bis „werbewirksam"

Der zweite Teil des siebten Gebotes bezieht sich auf Verbindungen von Wörtern, deren zweiter Bestandteil ein Adjektiv oder ein Partizip ist:

Teil II: Wortverbindungen mit Adjektiven oder Partizipien werden zusammengeschrieben,

1. wenn die Adjektive gleichrangig sind (Beispiel *süßsauer*),
2. wenn der erste Teil die Bedeutung verstärkt oder abschwächt (Beispiel *bitterböse*),
3. wenn der erste Bestandteil für eine Wortgruppe steht (Beispiel *angsterfüllt*),
4. wenn zwischen den Bestandteilen ein Fugenelement steht (Beispiel *lebensfremd*),
5. wenn einer der Bestandteile als selbstständiges Wort nicht vorkommt (Beispiel: *wissbegierig*),
6. wenn bei einer Verbindung mit Partizip das zu Grunde liegende Verb zusammengeschrieben wird (Beispiel: *irreführend*).

„Dummdreist" – zwei gleichrangige Adjektive

1 Zusammensetzungen aus gleichrangigen (nebengeordneten) Adjektiven werden zusammengeschrieben.

Schreiben Sie also:

blaugrau	*grünblau*
dummdreist	*nasskalt*
feuchtwarm	*taubstumm*

Als Erklärung können Sie sich merken, dass zwei gleichberechtigte Adjektive einen neuen Begriff bilden, wenn sie verbunden werden.

Vorsicht, Falle!

Unter dem sechsten Gebot haben wir schon gelernt: Wenn das erste Adjektiv auf *-ig, -isch, -lich* endet, wird immer getrennt geschrieben.

riesig groß, schrecklich schwierig, verräterisch nervös.

„Brandneu" – der erste Teil verstärkt

2 Zusammensetzungen mit bedeutungsverstärkenden oder bedeutungsmindernden ersten Bestandteilen werden zusammengeschrieben.

Diese verstärkenden oder abschwächenden Bestandteile können mit ganzen Reihen von Adjektiven verbunden werden; besonders die Werbung schöpft hier immer wieder neue Kombinationen.

Beispiel

bitter-	*bitterböse, bitterernst*
brand-	*brandaktuell, brandheiß, brandneu …*
dunkel-	*dunkelblau, dunkelgrau, dunkelrot …*
erz-	*erzgescheit, erzkonservativ …*
extra-	*extrabreit, extrahart …*
lau-	*lauwarm*
mega-	*megastark …*
minder-	*minderbedeutend, minderjährig …*
tod-	*todernst, todlangweilig …*
ultra-	*ultraleicht, ultraschnell …*
ur-	*uralt, urplötzlich …*

Hier hilft Ihnen zwar gewiss auch Ihr Sprachgefühl weiter, aber zu Ihrer Sicherheit können Sie Beispiele für diese Formen auch im Wörterverzeichnis nachschlagen.

„Bahnbrechend" – die Sache mit der Wortgruppe

3 **Verbindungen aus Substantiv und Adjektiv/Partizip werden zusammengeschrieben, wenn der erste Bestandteil für eine Wortgruppe steht.**

Dies ist vielleicht eine etwas schwierige Regel, aber sicher kein unüberwindliches Hindernis auf Ihrem Weg zur neuen Rechtschreibung. Sie erinnern sich bestimmt noch an das Thema „Getrenntschreibung bei Verbindungen von Substantiven und Partizipien" und an die Regel: „Verbindungen von

Substantiv und Partizip werden getrennt geschrieben, wenn das Substantiv sich selbst genügt." Das waren Fälle wie *Öl fördernd* oder *Rat suchend*, die sich auf Infinitiv-Verbindungen, *Rat suchen, Öl fördern*, zurückführen lassen. Wir hatten auch gesehen, dass man diese Formen, wenn sie gesteigert oder erweitert verwendet werden, zusammenschreibt: *Vertrauen erweckend*, aber *vertrauenerweckender*; *Kosten sparend*, aber *äußerst kostensparend*.

Außerdem hatten wir dort als „Falle" bereits gesehen, dass Substantiv-Partizip-Verbindungen dann zusammengeschrieben werden, wenn das Substantiv für eine Wortgruppe steht, wie in:

angsterfüllt (= von Angst erfüllt), bahnbrechend (= sich eine Bahn brechend), hitzebeständig (= gegen Hitze beständig), milieubedingt (= durch das Milieu bedingt).

Diese Regelung gilt nicht nur für Zusammensetzungen von Substantiven und Partizipien, sondern auch von **Substantiven und Adjektiven,** wie in:

fingerbreit (= einen Finger breit)
knielang (= lang bis zum Knie)
meterhoch (= einen oder mehrere Meter hoch)
denkfaul (= zu faul zum Denken) usw.

Sagt Ihnen das auch Ihr Sprachgefühl? Wenn nicht, macht das auch nichts, denn Sie haben ja einen Test:

Wenn das Substantiv für eine **Wortgruppe** steht, wird zusammengeschrieben!

Wörter mit Fugenelement: nicht „gewöhnungsbedürftig"

Das war jetzt etwas anstrengend. Doch jetzt kommt die vierte Bedingung, und die macht überhaupt keine Probleme:

4 **Verbindungen mit Adjektiven/Partizipien werden zusammengeschrieben, wenn zwischen den Bestandteilen ein Fugenelement steht.**

Das Fugenelement ist jeweils unterstrichen:

altersschwach
anlehnungsbedürftig
fusionsbedingt
geschlechtsreif
lebensfremd
sonnenarm (von *Sonne* im Singular, nicht von *Sonnen!)*
werbewirksam

Auch hier steht der erste Bestandteil für eine Wortgruppe, doch treten zusätzlich sogenannte Fugenelemente auf, das sind Laute, die eigentlich nur dazu dienen, die zusammengesetzte Form besser aussprechbar zu machen.

„Einfach" ist ganz einfach!

5 **Verbindungen mit Adjektiven/Partizipien werden zusammengeschrieben, wenn einer der Bestandteile nicht als selbstständiges Wort vorkommt.**

Erinnern Sie sich an die Regel für die Verbindungen mit Verben – z. B. zu *fehlgehen, weismachen* usw.? Auch Verbindungen mit einem Adjektiv/Partizip werden als ein Wort betrachtet, wenn ein Bestandteil als selbstständiges Wort in dieser Form nicht vorkommt:

einfach: -fach meint nicht das Fach, also existiert dieses *-fach* nicht als selbstständiges Wort.
wissbegierig: wiss- existiert ebenfalls nicht für sich.

Schreiben Sie also auch:

blauäugig
großspurig
kleinmütig
letztmalig
redselig
schwindsüchtig
vieldeutig
und jetzt neu: *schwerstbehindert*

Man muss dabei in Kauf nehmen, dass nun *schwerstbehindert* zusammengeschrieben wird, denn *schwerst-* existiert ja nicht als selbstständiges Wort. Der Begriff *schwer behindert* wird aber getrennt geschrieben, denn hier gilt die Regel, dass *schwer* in dieser Verbindung steigerbar und erweiterbar ist (jemand kann *sehr schwer behindert* sein oder *schwerer behindert sein* als ein anderer).

„Irregeleitet" und „teilgenommen"

Die sechste Bedingung schließlich macht Ihnen mit Sicherheit keine Mühe, denn sie ist völlig logisch und lediglich die Umkehrung einer Bedingung, die Sie unter dem sechsten Gebot schon kennen gelernt haben:

6 Verbindungen mit Partizipien werden zusammengeschrieben, wenn das dem Partizip zu Grunde liegende Verb mit dem ersten Bestandteil zusammengeschrieben wird.

Weil *wehklagen* zusammengeschrieben wird, wird auch *wehklagend* zusammengeschrieben. Weitere Beispiele:

herunterfallend, heruntergefallen
irreführend, irregeführt
teilnehmend, teilgenommen

Damit sind wir am Ende des schwierigsten Kapitels der neuen Rechtschreibung, nämlich der Getrennt- und Zusammenschreibung.

Das achte Gebot: Worttrennung am Zeilenende

Wir haben es hier wieder mit einem Fall von gelungener Systematisierung zu tun: Die neue Regelung erlaubt zu 100 % richtige Trennungen, ohne dass man im Wörterbuch nachschlagen muss!

Nach Sprechsilben trennen

Teil I: Getrennt wird nach Sprechsilben.

Oder etwas ausführlicher: Geschriebene Wörter trennt man am Zeilenende so, wie sie sich bei langsamem Sprechen in Silben zerlegen lassen.

Zwar galt diese Regel auch schon nach der alten Rechtschreibung, doch gab es hier eine Reihe von Ausnahmen. So konnten bislang Einzelvokalbuchstaben am Silbenanfang nicht abgetrennt werden – nun aber ist die Trennung von *E-sel* möglich.

Alt	**Neu**
Bau-er	*Bau-er*
steu-ern	*steu-ern*
Fa-mi-li-en	*Fa-mi-li-en*
Esel	*E-sel*
Hekt-ar	*Hek-tar*
war-um	*wa-rum*

■ *Die konsequente Einführung der Trennung nach Sprechsilben vereinfacht die Silbentrennung ganz erheblich.* ■

Die Abtrennung von Einzelvokalbuchstaben am Ende macht natürlich keinen Sinn, weil der Trennungsstrich ja genauso viel Platz einnimmt wie der Buchstabe! Trennen Sie also nicht: *Famili-e.*

Wenn mehrere Konsonanten zusammentreffen

Wenn Sie bestimmte Wörter langsam aussprechen, werden Sie merken, dass die Zerlegung nicht immer ganz eindeutig ist. Probieren Sie es mal mit *Hopfen, impfen* und *rosten.* Es ginge tatsächlich:

Ho-pfen oder *Hop-fen, im-pfen* oder *imp-fen, ro-sten* oder *ros-ten.*

Bei diesen Wörtern stehen zwischen den Vokalbuchstaben (in *Hopfen* also zwischen *o* und *e*, in *impfen* zwischen *i* und *e*) zwei oder mehr Konsonantenbuchstaben (in *Hopfen -pf-*, in *impfen -mpf-*). Deshalb haben Sie zwei Möglichkeiten, diese Wörter in Sprechsilben zu zerlegen.

Für diese Fälle gibt es eine einfache Regel:

Teil II: Stehen in einfachen Wörtern zwischen Vokalbuchstaben zwei und mehr Konsonantenbuchstaben, kommt nur der letzte Konsonantenbuchstabe auf die neue Zeile.

Beispiel: Trennungen bei mehreren Konsonanten

Alt	**Neu**
Hop-fen	*Hop-fen*
imp-fen	*imp-fen*
ro-sten	*ros-ten*

Sie sehen, dass diese Regel für *Hopfen* und *impfen* keine Änderung bringt, wohl aber für *rosten:* Die Ihnen sicher bekannte Regel, wonach *st* nicht getrennt werden durfte, brauchen Sie nun nicht mehr zu beachten.

Hier haben Sie die Wahl

Kommt bei der Trennung nur der letzte Konsonantenbuchstabe in die neue Zeile, bedeutet das für Fremdwörter mit Konsonant + *l, n* oder *r,* dass diese Buchstabenkombinationen auseinander gerissen werden; z.B. *nob-le* oder *Zyk-lus.* Das war nach der alten Regelung verboten. Falls die neue Regelung hier gegen Ihr Sprachgefühl geht, dürfen Sie aber weiterhin trennen wie bisher.

Auch bei Wörtern aus dem Griechischen oder Lateinischen können Sie jetzt zwischen der alten Regelung, die sich nach der Wortbildung richtete (*Hekt-ar*), und der Silbentrennung (*Hek-tar*) wählen.

Beispiel: Fremdwörter trennen

Neu	**oder wie früher**
Ar-thri-tis	*Arth-ri-tis*
Chry-san-the-me	*Chrys-an-the-me*
Hek-tar	*Hekt-ar*
Hyd-rant	*Hy-drant*
Inte-res-se	*Inter-es-se*
Mag-net	*Ma-gnet*
nob-le	*no-ble*
Pä-da-go-gik	*Päd-ago-gik*
Pa-no-ra-ma	*Pan-ora-ma*
Zyk-lus	*Zy-klus*

Eine Wahlmöglichkeit haben Sie auch bei Wörtern wie:

da-rum/dar-um, ei-nan-der, ein-an-der, wa-rum, war-um.

Eine einheitliche Linie bei der Trennung am Zeilenende könnte in Ihrem Betrieb sein: Entscheiden Sie sich für die **regelhaften** Trennungen und verzichten Sie auf die alten Trennungen, wenn alt und neu gelten. Dann gibt es auch bei der Trennung von Fremdwörtern keine Zweifelsfälle mehr!

■ *Bei der Trennung von Fremdwörtern nach der neuen Rechtschreibung können Sie nichts mehr falsch machen!* ■

„ck" nicht mehr trennen

Eine weitere, im Zeitalter der Textverarbeitung nicht mehr zeitgemäße alte Regelung entfällt nun ebenfalls – die Trennung von *ck* in *k-k:*

Teil III: Stehen Buchstabenverbindungen wie *ch, sch, ph, rh, sh* oder *th* für einen Konsonantenbuchstaben, so trennt man sie nicht. Dasselbe gilt für *ck.*

Alt	**Neu**
la-chen	*la-chen*
wa-schen	*wa schen*
Goe-the	*Goe-the*
blik-ken	*bli-cken*
Zuk-ker	*Zu-cker*

Vermeiden Sie die „Altbauer-haltung"

Bisher hatten wir es mit einfachen Wörtern zu tun. Für zusammengesetzte Wörter gilt, dass sie zwischen den Bestandteilen getrennt werden (was sich ja fast von selbst versteht):

Heim-weg
Schul-hof
Week-end
über-einander
um-stehend
zu-recht

Getrennt wird auch zwischen Vorsilbe und Stamm:

At-traktion
Ent-wurf
Ver-lust
In-stanz

Teilweise ganz lustige, aber irreführende Trennungen sollten Sie hier jedoch vermeiden:

nicht *Altbauer-haltung,* sondern *Altbau-erhaltung,*
nicht *Sprecher-ziehung,* sondern *Sprech-erziehung,*

nicht *Seeu-fer,* sondern *See-ufer,*
Wachs-tube nur, wenn Sie auch die *Tube Wachs* meinen, und nicht die *Wach-stube.*

Das neunte Gebot: Anrede in Briefen

Die neue Regelung legt fest, dass die Anredefürwörter (die Anredepronomina) *du* und *ihr* und die entsprechenden besitzanzeigenden Fürwörter (die Possessivpronomina) *dein* und *euer* klein geschrieben werden. Das gilt natürlich auch für die gebeugten Formen wie *dir, eure* usw. Bei der höflichen Anrede mit *Sie, Ihr* (und den entsprechenden gebeugten Formen) hat sich allerdings nichts geändert.

Nur Freunde und Freundinnen werden in Briefen „klein" angeredet.

Beispiel: die Anrede

Alt	**Neu**
Du, Dein, Dich, Dir	*du, dein, dich, dir*
Ihr, Euer, Euch	*ihr, euer, euch*
Sie, Ihr	*Sie, Ihr*

So schreiben Sie jetzt:

Wie geht es dir? Würdest du mir helfen? Hast du dich gut erholt? Ich schreibe dir diesen Brief und schicke dir eure Bilder. Viele Grüße, dein Karl.
Was macht ihr im Sommer? Ist euer Haus schon fertig? Ich wünsche euch viel Glück!

Aber weiterhin:
Haben Sie sich schon angemeldet?
Stellen Sie Ihren Entwurf bitte heute noch fertig.
Bestellen Sie dieses günstige Angebot noch heute.
Wir danken Ihnen für Ihren außergewöhnlichen Einsatz.
Können Sie mir Ihre E-Mail-Adresse mitteilen?

Gerade anhand des letzten Beispiels zeigt sich, dass diese Unterscheidung auch sinnvoll ist: *Können Sie mir Ihre E-Mail-Adresse mitteilen?* bedeutet, dass man die E-Mail-Adresse der Adressatin bzw. des Adressaten will. *Können Sie mir ihre E-Mail-Adresse mitteilen?* bedeutet dagegen, dass man die E-Mail-Adresse einer dritten (weiblichen) Person mitgeteilt haben möchte!

Das zehnte Gebot: Kommasetzung

Nach den vielen Wortschreibungen kommen wir nun zur letzten großen Neuerung, der Kommasetzung. Bei zwei Satzformen haben Sie es zukünftig leichter mit der Kommasetzung:

1. bei gleichrangigen Sätzen (zum Beispiel durch *und* verbunden)
2. und Infinitiv- bzw. Partizipgruppen.

Wie Sie das Komma nach *und* etc. setzen

Teil I: Zwischen gleichrangigen Teilsätzen, die mit *und, oder, beziehungsweise/bzw., sowie (= und), wie (= und), entweder ... oder, nicht ... noch, sowohl ... als (auch), sowohl ... wie (auch)* oder durch *weder ... noch* verbunden sind, setzt man nur ein Komma, wenn man die Gliederung des Ganzsatzes verdeutlichen will.

Bei der Kommasetzung räumt Ihnen die Reform ein erfreuliches Maß an Wahlfreiheit ein:

Beispiel: Kommasetzung

Alt/Neu	**Neu**
Der Absatz hat sich erhöht, und der Gewinn ist gestiegen.	*Der Absatz hat sich erhöht(,) und der Gewinn ist gestiegen.*
Entweder gewähren Sie uns einen Preisnachlass, oder wir treten vom Vertrag zurück.	*Entweder gewähren Sie uns einen Preisnachlass (,) oder wir treten vom Vertrag zurück.*
Wir hatten Ihnen mitgeteilt, dass Sie mit Ihrer Lieferung im Rückstand sind und dass uns dadurch finanzielle Nachteile drohen.	*Wir hatten Ihnen mitgeteilt, dass Sie mit Ihrer Lieferung im Rückstand sind (,) und dass uns dadurch finanzielle Nachteile drohen.*

Zwischen zwei mit den genannten Konjunktionen verbundenen Hauptsätzen (vollständigen Sätzen) mussten Sie bisher ein Komma setzen. Nun können Sie es weglassen. Umgekehrt stand nach der alten Regelung zwischen zwei mit *und* oder *oder* verbundenen Nebensätzen (abhängigen Sätzen) kein Komma, wie im letzten Beispiel. Hier dürfen Sie nun zur Verdeutlichung ein Komma setzen.

Vorsicht, Falle!

Beachten Sie jedoch, dass die Wahlfreiheit nicht uneingeschränkt gilt.

Sind die gleichrangigen Teilsätze mit entgegenstellenden Konjunktionen wie *aber, doch, jedoch, sondern* verbunden, muss weiterhin das Komma stehen. Vergleichen Sie:

Sind Sie mit unserem Vorschlag grundsätzlich einverstanden oder haben Sie noch Einwände?
- Wir sind mit Ihrem Vorschlag grundsätzlich einverstanden, aber wir haben noch Einwände im Einzelnen.

Vorsicht, noch eine Falle!

Es gibt Satzanfänge, die ohne Komma in die Irre führen (man nennt die entstehenden Sätze bildhaft „Holzwegsätze“). Wenn Sie etwa lesen:

Er stritt sich mit seinem Meister und dem Abteilungsleiter ...

denken Sie: Klar, er hatte Streit mit den beiden Vorgesetzten. Wenn der Satz aber weitergeht:

... platzte der Kragen.

dann müssen Sie umdenken: Er stritt sich mit einem Vorgesetzten und der andere reagierte auf den Streit. Also setzen Sie ein Komma:

Er stritt sich mit seinem Meister, und dem Abteilungsleiter platzte der Kragen.

Wie Sie Kommata bei „zu"-Sätzen setzen

Nach den neuen Regeln haben Sie eine weitere Wahlmöglichkeit bei der Kommasetzung: Es geht um die Teilsätze mit *zu* – genauer: die Infinitivgruppe, und Partizipkonstruktionen. Unter Infinitivgruppe versteht man einen Ausdruck, der neben einem Infinitiv mit *zu* eine Erweiterung enthält z. B. ein Substantiv, es genügt aber schon *als zu, um zu, ohne zu*; eine Partizipgruppe ist eine Art Teilsatz, der ein Partizip enthält:

Infinitivgruppe: *Wir expandieren, <u>um zu überleben.</u>*
Partizipgruppe: *<u>Auf den Zug wartend,</u> vertrieb sie sich die Zeit mit einem Kreuzworträtsel.*

> Teil II: Vor einer Infinitiv- oder Partizipgruppe muss kein Komma stehen.

Sie dürfen also nun vor einer Infinitivgruppe bzw. einer Partizipgruppe das Komma weglassen. Sie dürfen es aber auch setzen, und zwar auch da, wo bisher keines stand (z. B. bei *entsprechend*):

Beispiel: Kommasetzung bei Infinitivsätzen/Partizipkonstruktionen

Alt/Neu	Neu
Ich hoffe, zu einem Vertragsabschluss zu kommen.	*Ich hoffe zu einem Vertragsabschluss zu kommen.*
Sie versuchte, ihm etwas vorzumachen.	*Sie versuchte ihm etwas vorzumachen.*
Etwas Schöneres, als bei dir zu sein, gibt es nicht.	*Etwas Schöneres als bei dir zu sein gibt es nicht.*

Durch diesen Erfolg angespornt, werden wir die Arbeit fortsetzen.	*Durch diesen Erfolg angespornt werden wir die Arbeit fortsetzen.*
Darauf aufmerksam gemacht, haben wir den Fehler beseitigt.	*Darauf aufmerksam gemacht haben wir den Fehler beseitigt.*
Er sah sich, ihn laut und wütend beschimpfend, nach einem Fluchtweg um.	*Er sah sich ihn laut und wütend beschimpfend nach einem Fluchtweg um.*
Seinem Vorschlag entsprechend werden wir uns von dieser Immobilie trennen.	*Seinem Vorschlag entsprechend, werden wir uns von dieser Immobilie trennen.*

Vorsicht, Falle!

Wenn der Satz ohne das Komma doppeldeutig wird, müssen Sie das Komma setzen, damit der Sinn des Satzes klar wird. So haben die beiden folgenden Sätze unterschiedliche Bedeutung, je nachdem, wo das Komma steht:

Wir hoffen, jeden Tag diesen Umsatz erzielen zu können.	*Wir hoffen jeden Tag, diesen Umsatz erzielen zu können.*
Frau Till versprach, dem Kunden einen Brief zu schreiben.	*Frau Till versprach dem Kunden, einen Brief zu schreiben.*

Vorsicht, noch eine Falle!

Beachten Sie, dass immer dann ein Komma stehen muss, wenn die Infinitiv- oder Partizipgruppe durch ein hinweisendes Wort angekündigt wird (in den Beispielen sind die hinweisenden Wörter unterstrichen) oder wenn sie nachgetragen wird:

Sie dachte nicht <u>daran,</u> den Job länger zu behalten, und kündigte.
Sein größter Wunsch ist <u>es</u>, eine Familie zu gründen.
<u>So,</u> aus vollem Halse lachend, kam sie auf mich zu.
Er, ohne den Vertrag gelesen zu haben, hatte sofort unterschrieben.

Anhang

Wörterverzeichnis

Das folgende Wörterverzeichnis enthält

- die neuen Schreibungen,
- beibehaltene Schreibungen, die im Lichte der neuen Regelung als Zweifelsfälle angesehen werden können.

Verzichtet wurde auf die Aufnahme von

- Wörtern, in denen regelhaft bisheriges *ß* durch *ss* ersetzt wird,
- Wörtern, in denen regelhaft drei gleiche Buchstaben aufeinander treffen (vgl. *Balletttänzer*),
- regelhaften Superlativformen wie *am besten.*

Zur Schreibung von Zahlwörtern vgl. unter *acht* bzw. *achtzig.* Zur Schreibung von Wochentagen vgl. unter *Dienstag.*

Im Gegensatz zum Regelteil werden im Folgenden die Worteinträge in normaler Type, Kommentare dagegen *kursiv* gesetzt. Drei Punkte (...) verweisen darauf, dass eine Wortreihe fortgesetzt werden kann.

Werden zwei Alternativen angeboten, z. B. *anstelle/an Stelle von, Back-up/Backup,* so steht die erste für die Hauptvariante.

A

ab + *Verb:* abändern, abbauen, abbestellen ...; *aber:* ab sein ...

Abend: am/gestern/ heute/morgen Abend; (am) Montagabend ...

abends: dienstagabends/dienstags abends ... (*s. unter Dienstag*)

aberhundert/e *oder* Aberhundert/e;

abertausend/e *oder* Abertausende

abhanden kommen

abwärts gehen

acht *(Zahlwort):* achtfach *oder* 8fach, achtmal *oder* 8-mal; *aber:* acht mal zwei ist sechzehn; acht Millionen Mal; der/die/das Achte; der Achtjährige *oder* 8-Jährige; 8-tägig; der Achttonner *oder* 8-Tonner;

Acht: Acht geben/haben, sich in Acht nehmen, außer Acht lassen

achte: das achte Kapitel, am achten Januar; *aber:* jeder Achte, sie wurde Achte (beim Wettbewerb)

achtel: ein achtel Zentner; drei achtel Liter; *aber (Maßangabe):* ein Achtelliter, ein Achtel Rotwein; *aber*: Dreiachteltakt (3/8-Takt)

Achtung gebietend

achtzig: Mitte (der) achtzig, der Mensch über achtzig; in die achtzig kommen; in den Achtzigern/achtziger Jahren war er noch rüstig; die Achtzigerjahre/achtziger Jahre/80er-Jahre/80er Jahre

Ackerbau treibende Völker

Ade sagen/ade sagen

Adieu sagen/adieu sagen

Adressspediteur/Adress-Spediteur

After-Sales-Phase

Aftershafelotion, After-Shave-Lotion

ähnlich: Ähnliches, und/oder Ähnliches; *Abk.:* u. Ä./o. Ä.

Airbag

Albtraum/Alptraum

alldieweil

alle/alles ... kommen alle?, das ist alles; *aber:* sie ist sein Ein und Alles

allein: allein erziehend, allein selig machend, allein stehend; die allein Stehenden/die Alleinstehenden

allenfalls

Allerbeste, der/die/das

allerdings

Allerletzte, der/die/das

allerorten

allerorts

allerseits

alles *s.* alle

alleweil

allezeit

allgemein: allgemein bildend, allgemein gültig, allgemein verständlich; im Allgemeinen, *Abkürzung:* i. A.

allseits

allzu: allzu bald, oft, sehr ...; *aber:* allzumal

alt: aus Alt Neu machen, der Alte sein, beim Alten bleiben, am Alten hängen, beim Alten lassen, Alt und Jung

amen: zu allem Ja und Amen/ja und amen sagen

American Way of Life

an + *Verb:* anbacken, anbahnen ...;
aber: an sein
anbandeln/anbändeln
and(e)rerseits, ander(e)nfalls, an-
der(e)norts
andere (der/die/das andere)
anderes: etwas anderes (*in der Bed.:* irgendetwas anderes); etwas Anderes (*in der Bed.:* etwas ganz Andersartiges)
anders: anders denkend/
geartet/lautend ...
aneinander geraten/grenzen/legen ...
Angst machen *aber:* mir ist angst
angsterfüllt
anhand
anheim fallen/stellen ...
Antivirenprogramm
anstatt (dass, zu)
anstelle/an Stelle (von)
Apotheke
Après Ski
Arbeit suchend
arg: im Argen liegen
arm: bei Arm und Reich
Artdirector
Assessmentcenter; Assessmentcentermethode/ Assessmentcenter-Methode
Athlet
auf sein
auf: aufs äußerste/aufs Äußerste
erschrecken ...
auf + *Verb:* aufaddieren, aufarbeiten ...
aufeinander folgen/treffen ...
aufgrund/auf Grund
aufrauen, aufgeraut
aufrechterhalten
Aufsehen erregend
aufseiten/auf Seiten
Aufsicht führend/habend
aufwändig/aufwendig
aufwärts gehen
Aupairmädchen, Au-pair-Mädchen
aus sein
aus + *Verb:* ausarbeiten,
ausarten ...
auseinander gehen/
halten/setzen/reißen
außen: außen liegend; nach außen
außer: außer Acht lassen; außer
Haus
außerstand(e)/außer Stand(e)
(setzen/sein)
auswärts gehen
Autocross/Auto-Cross
Autograf/Autograph
Available-Light-Fotografie
Azetat/Acetat

B

Baby: die Babys, des Babys
Background
Back-up/Backup
bahnbrechend
Bange: jemanden Bange machen;
aber: bange sein
Bankingtheorie
bankrott: bankrott sein/werden;
Bankrott gehen/machen
bar (gegen bar)
Bargecarrier, Barge-Carrier
Basementstore
Batchprocessing
Bed and Breakfast
bedeutend: um ein Bedeutendes
behände, Behändigkeit

bei + *Verb:* beibehalten, beibiegen ...
beide/beides ... (*z. B.* man muss mit beiden reden)
beieinander bleiben/sein/sitzen/stehen ...
Beifall heischend
beileibe
beinahe
beisammen + *Verb:* beisammenbleiben, beisammensitzen ...; *aber:* beisammen sein/gewesen
beizeiten
bekannt geben/machen ...
belämmert
beliebig: alles/jeder Beliebige
Benchmarking
bereit: zu etwas bereit sein; sich bereit erklären ...; *aber:* bereithaben, bereitlegen ...
Beschwerdemanagement
besonders: im Besonderen
Besorgnis erregend
besser: besser gehen/stellen ...; das Bess(e)re/eines Bess(e)ren ...
beste: der/die/das Beste, das erste Beste, zum Besten geben/halten ...; am besten
bestehen bleiben/lassen
beträchtlich: um ein Beträchtliches
Betreff: in Betreff
bewusst machen/werden
Bezug: in Bezug/mit Bezug auf
Bibliografie/Bibliographie
Bigbusiness, Big Business
Biografie/Biographie
bisherig: beim/im Bisherigen
bisschen (ein bisschen größer ...)
bisweilen
bitterböse, bitterkalt ...
Blackbox/Black Box
Black-out/Blackout
blank polieren
blau: blauäugig, blaugrün; *aber:* blau gestreift, bläulich grün ...; der Blaue Planet
bleiben lassen
blendend weiß
blind fliegen/schreiben
blond gefärbt/gelockt
Blow-up
Bluejeans/Blue Jeans
Blut bildend/saugend
Boardinghouse
Bonbonniere/Bonboniere
böse: im Bösen wie im Guten
Bottom-up-Optionsschein
Bouclé/Buklee
Boutique/Butike
Brainstorming
Braintrust
Break-even-Point
brandeilig
braun gebrannt/scheckig
Bravour/Bravur
breit: breit gefächert/gestreut; breit machen; des Langen und Breiten
brütend heiß
Buch führend(e Stelle)
bunt gestreift/gefiedert/schillernd
Burn-out
Bus-Architektur
business as usual
Business-to-Business-Kommunikation
butterweich
Buy-out

C

Callcenter
Callcenter-Management
Call-Optionsschein/-Korridorschein
Carnet ATA/TIR, Carnet-ATA-Verfahren ...
Carsharing
cash and carry, Cash-and-carry-Klausel
Cashflow
Cashflowanalyse/Cashflow-Analyse
CD-ROM-Laufwerk
Centrecourt/Centre-Court
Changecenter
Changemanagement
Chartanalyse
Check-in/-out
Checkpoint
Chef-Informationssystem
Chicorée/Schikoree
Choreografie/Choreographie
circa, *s.* zirka
Clearingstelle
Client-Server-Netzwerk; Client-Server-Technologie
Closedshop
Clusteranalyse
Code *s.* Kode
Come-back/Comeback
Comicstrip
Coming-out
Commonsense/Common Sense
Compactdisc/Compact Disc
Connectivity-Technologie
Consumer-to-Business-Kommunikation
Conveniencegoods
Convertible Bonds
Cornedbeef/Corned Beef
Corporate Design; Corporate Identity; Corporate Network; Corporate Wording
Corpus Delicti
cost and freight
Cost-Average-Methode
Count-down/Countdown
Counterdisplay
Customized Marketing
Cyberspace

D

da sein
da + *Verb:* daliegen ...
dabei + *Verb:* dabeistehen ...; *aber:* dabei sein
Daddy: des Daddys, die Daddys
dafür können
dagegen + *Verb:* dagegenhalten ...; *aber:* dagegen sein
daheim bleiben
daher + *Verb:* daherkommen ...
dahin + *Verb:* dahingehen = vergehen, dahinleben, dahinschwinden ...; *aber:* dahin gehend
dahinter klemmen, kommen ...
daneben + *Verb:* danebenliegen = sich irren, danebengehen = scheitern; *aber:* daneben liegen, daneben stehen *(wörtlich)*
dank: dank seines Einsatzes
dar + *Verb:* darlegen ...
d(a)ran + *Verb:* d(a)ransetzen ...
darauf folgend
daraufhin
d(a)rein + *Verb:* dareinlegen ...
da(r)nieder + *Verb:* da(r)niederlegen ...
darüber fahren, stehen ...

darum + *Verb:* darumkommen, darumlegen ...
darunter legen, sitzen, stehen ...
Database-Marketing
Datahighway/Data-Highway
Datawarehouse/Data-Warehouse
Daten verarbeitend
Datenbus
Datenfernübertragung
davon + *Verb:* davonfliegen ...
davor hängen/schieben ...
dawiderreden
dazu + *Verb:* dazugeben, dazugehören ...
dazwischen + *Verb:* dazwischengehen ...
Deadline
dein: Mein und Dein, die Dein(ig)en/die dein(ig)en, das Dein(ig)e/das dein(ig)e; deinetwegen
Déjà-vu
Dekolletee/Dekolleté
Delphin/Delfin
denkfaul
derart(-ig), etwas Derartiges
dereinst
dergestalt
dermaßen
derweil(-en)
derzeit
des Weiteren
Designermarke
Desktoppublishing/Desktop-Publishing
dessen ungeachtet
deswegen
deutsch: sich deutsch unterhalten; der Brief ist deutsch geschrieben; der Brief ist in Deutsch abgefasst, auf (gut) Deutsch, ein Deutsch sprechender Ausländer, der Deutsche Schäferhund;
Diät halten/kochen/leben
dicht behaart/bevölkert/gedrängt ...
dick: durch dick und dünn
Dienst habende Beamte
Dienstag: ich werde Sie Dienstag aufsuchen, eines Dienstags, Dienstag abend kommt er, am/jeden Dienstagabend kommt er; alle Dienstage; *aber:* dienstagabends/dienstags abends (*so auch* morgens ...)
diese/dieser...: ich habe mich mit diesem und jenem unterhalten
diesmal
Differenzial/Differential
differenziell/differentiell
Diktaphon/Diktafon
Direktmarketing
Discountbroker
Diskothek
doppelt wirkend
dort bleiben/behalten
dortzulande/dort zu Lande
Dow-Jones-Index, Dow-Jones-Stoxx
Download, downloaden
Downsizing
Drag-and-drop
dran s. daran
Drapé/Drapee
drauf + *Verb:* draufgehen, draufhauen ...; *aber:* drauf sein
drauflos + *Verb:* drauflosreden ...
Dreamteam, Dream-Team

drei: Dreiachser/3-Achser; *s. auch unter* acht
drein *s.* darein
drin + *Verb:* drinsitzen, drinstecken ...; *aber:* drin sein
dritte: das Dritte, zum Dritten; jeder Dritte; die Dritte Welt (*s. auch unter* erste)
Drittel
Drive-in-Kino
drückend heiß
du: *auch in Briefen*: du, dein, dir ...; *aber:* auf Du und Du
dummerweise
dunkel: im Dunkeln tappen/bleiben
dunkelblau
dünn besiedelt
durch + *Verb: abtrennbar:* durchbringen, er bringt durch ..., durchdrehen ...; *aber:* durch sein
durch + *Verb: nicht abtrennbar:* durchbrechen, er durchbricht die Regel ...
durcheinander bringen/geraten/reden ...
Dutyfreeshop/Duty-free-Shop
dutzend: ein Dutzend; Dutzende/dutzende (von/Mal)

E
Easyrider
ebenso gern/gut/viel ...
Economyklasse
Ehegatten-Arbeitsverhältnis
ehrenhalber
Ehrfurcht gebietend
Eid: an Eides Statt
Eigen: sein Eigen nennen, zu Eigen machen, zu Eigen geben
ein Arm voll
Ein und Alles: sie ist sein Ein und Alles
ein + *Verb:* einatmen, einbehalten ...
einbläuen
eine Hand voll
eine/einer: Wenn einer eine Reise tut; der/die/das eine
einerseits
einesteils
einfach: es ist das Einfachste
einher + *Verb:* einhergehen ...
einig gehen
einige Male
einige(s)
einigermaßen
einmal
Einnahme-Überschuss-Rechnung
einwärts gebogen
1-zeilig
einzeln: einzeln stehend; *aber:* der/die/das/jeder Einzelne, als Einzelner, bis ins Einzelne, im Einzelnen
einzig; der/die/das Einzige, als Einziges, kein Einziger
einzigartig: das Einzigartige ist ...
Eis laufen
Eisen verarbeitend ...
eisig kalt
Ekel erregend
Electronic Banking
E-Mail
Emerging Market
Emissionsstopp
empor + *Verb:* emporziehen ...
eng: eng befreundet/bedruckt ...
English spoken
entfernt: nicht im Entferntesten

entgegen + *Verb:* entgegenkommen ...
entlang + *Verb:* entlanglaufen ...
Entsetzen erregend
entweder: das Entweder-oder
entzwei + *Verb:* entzweibrechen ...
Epoche machend
Erdöl: Erdöl exportierende/fördernde Länder
Erfolg versprechend
Erholung suchende Städter; *aber:* die Erholungsuchenden
Ernst: Ernst machen, im Ernst, allen Ernstes; *aber:* ernst sein/werden/nehmen; ernst gemeint, ernst zu nehmend
erste: der/die/das Erste, das erste Mal, fürs Erste, als Erste(r/s), zum Ersten, mein Erstes war es ..., die Erste Bundesliga, die erste Hilfe; zum ersten Mal; der Erstbeste, das erste Beste
erstere: der/die/das Erstere, Ersteres (denn Ersteres muss noch geprüft werden)
erstmals
erzkonservativ
essenziell/essentiell
Ethik, Ethos
euch: *auch in Briefen:* euch
euer: *auch in Briefen:* euer, eure ...: die Eur(ig)en/die eur(ig)en, das Eur(ig)e/das eur(ig)e
euretwegen
EU-Richtlinie
Eurocheque-Karte
Eventmarketing
Executive-Information-System
existenziell/existentiell
Exposee/Exposé
extrabreit
Eyecatcher

F

Facette/Fassette
Facility-Management
Factoringbank
Factory-Outlet
fahren: fahren lassen; Rad fahren
Fairplay/Fair Play
fallen lassen
Fall-out/Fallout
falsch: Falsch und Richtig unterscheiden; falsch spielen ...
Fantasie/Phantasie (*Musikstück nur* Fantasie)
Fastback, Fast Back
Fastfood, Fast Food
Fax-auf-Abruf-System
Fax-Polling
Feed-back/Feedback
fein gemahlen/geädert ...; fein schleifen ...
Feind bleiben/sein/werden
fern: von nah und fern
fern liegen/halten; *aber:* fernbleiben, fernsehen
fertig bekommen/bringen/stellen ...
fest: festbinden (= anbinden) *aber:* fest (= kraftvoll) binden; feststehen (= sicher sein), *aber:* fest (= sicher) stehen; festfahren, festnehmen ... fest angestellt/besoldet/umrissen ...
fett gedruckt
Feuer speiend
fingerbreit, *aber:* einen Finger breit
finster: Im Finstern tappen

first class
First-Class-Hotel
Fisch verarbeitende Betriebe
Fitnesscenter
Fitnessstudio, Fitness-Studio
Fitnesstraining
Five o'Clock Tea
Fleisch fressend
Flipchart
Floppydisk/Floppy Disk
flöten gehen
flüssig machen
Fly-over
Föhn (Wind *und* Haartrockner)
föhnen (föhnig werden *und* Haare trocknen)
folgend: das Folgende, Folgendes, im Folgenden
Fon s. Phon
Fonograf s. Phonograf
Fonotechnik s. Phonotechnik
Fonothek s. Phonothek
Fooddesigner
Formel 1, Formel-1-Rennen
fort + *Verb:* fortbewegen ...
Fotograf(ie)/Photograph(ie)
Fourletterword, Four-Letter-Word
Frage: in Frage/infrage stellen/kommen ...
Franchisegeber
Frapee/Frapé
Freelance, Freelancer/in
frei: frei Haus; frei deutsche Grenze liefern; frei lebende Tiere; freihaben, freihalten, freilassen, freilegen, freibleibend *(kaufmännisch)*, freisprechen *(juristisch)*, *aber:* frei *(= ohne Manuskript)* sprechen
freudestrahlend
Freund bleiben/sein/werden
frisch gebacken/gemacht ...
froh gelaunt/gestimmt ...; *aber:* frohgemut
früh: von früh auf; früh verstorben ...
Führungs-Informationssystem
Fullservice
Fulltimejob/Full-Time-Job
Fünf-S-Ansatz
Funken sprühend
Furcht einflößend/erregend
fürlieb nehmen
Fusionsfantasie/ Fusionsphantasie
Futures-Funds

G

Gameshow
Gämse
ganz: im Ganzen, im großen Ganzen, im Großen und Ganzen
gar gekocht
gar nicht(s)
Gefahr bringend/drohend
gefangen halten/nehmen
gegeben: es ist das Gegebene
gegen + *Verb:* gegenlenken, gegenlesen ...
gegeneinander drücken/stellen/stoßen ...
gegenüber + *Verb:* gegenübersitzen, gegenüberstellen ...
geheim: geheim halten/tun ...; im Geheimen; Geheimtipp
gehen lassen
gelblich grün
geltend machen
gemeingefährlich
genau: genau genommen; des Ge-

naueren
genauso
genauso gut/wenig ...
Gentleman's/Gentlemen's Agreement
gentlemanlike
Geographie/Geografie
gerade halten/sitzen ...
geradeso: geradeso gut ...
geradewegs
geradezu
gering: gering achten/schätzen; das Geringste, nicht im Geringsten, um ein Geringes
gern gesehen/haben ...
gesamt: im Gesamten
gestern Abend/Nacht/Mittag ...
gesundschreiben
getrennt lebend
Getto/Ghetto
Gewähr leisten/gewährleisten
gewinnbringend/Gewinn bringend
Gewinn-und-Verlust-Rechnung
Gigabyte
Ginkgo/Ginko
Glacé/Glacee
glänzend schwarz/weiß ...
glatt gehen/hobeln/schleifen ...
gleich: gleich bleiben; gleich denkend/lautend; das Gleiche, ins Gleiche/auf Gleich bringen; Gleich und Gleich
gleichermaßen
Glimmstängel
Glück bringend
glühend heiß
GmbH-Mantel
Go-go-Funds
Go-slow
Grafik/Graphik
grafisch/graphisch
Gram *aber:* er ist mir gram
Grammophon/Grammofon
Grandhotel
Grandslam/Grand Slam
Graphik s. Grafik
Graphit/Grafit
Graphologie/Grafologie
grau meliert
Gräuel
Grauen erregend
gräulich *(für die Farbe und i. S. von grausig)*
grell beleuchtet
Gridmanagement, Grid-Management
Grislibär/Grizzlybär
grob: grob gemahlen ...
groß: groß angelegt/kariert ...; groß schreiben *(= in großen Buchstaben schreiben bzw. besonders schätzen)* – großschreiben *(= mit großen Anfangsbuchstaben schreiben)*
Groß: im Großen; im großen Ganzen, im Großen und Ganzen, Groß und Klein, das Größte
großenteils
großspurig
Groundhostess
grundanständig, grundgütig ...
gut: gut gehen/tun ...; gutschreiben (*vgl.* Gutschrift), *aber:* gut *(i. Gegens. zu* schlecht) schreiben; gut aussehend/gemeint/gelaunt/unterrichtet ...; im Guten; jenseits von gut und böse; guten Tag sagen/Guten Tag sagen

H

haften bleiben
Hairstylist
halb: halb blind/leer/offen ...; es schlägt halb eins; der Zeiger steht auf halb; *aber:* halbstündig, halbseiden ...
Halt: Halt machen; laut Halt rufen/laut halt rufen
Ham and Eggs
Hämorrhoiden/Hämorriden
Händchen halten/d
Handel treibend
Hand-out/Handout
Handy: die Handys, des Handys
hängen bleiben/lassen
Hang-over
Happyend/Happy End
Hardcopy/Hard Copy
Hardcover/Hard Cover, Hard-Cover-Ausgabe, Hardcovereinband/Hard-Cover-Einband
Harddisk, Hard Disk
Hardliner
Hardselling
Hardtop
Hardware
hart gekocht
Haus halten/haushalten
Haus: nach/zu/von zu Hause; außer Haus
Haute Couture
Hautefinance
Headline
Hedgegeschäft
Hedging-Strategie
heilig sprechen
heim + *Verb:* heimbringen ...
heimlich tun
heiß begehrt/ersehnt ...
hell leuchtend/strahlend ...
helllicht
her sein, heraus sein ...
her + *Verb:* herkommen, hersehen ...
herab + *Verb:* herabsehen ...
heran + *Verb:* heranwinken ...
herauf + *Verb:* heraufkommen ...
heraus + *Verb:* herausschauen ...
herbei + *Verb:* herbeilaufen ...
herein + *Verb:* hereinsehen ...
hernieder + *Verb:* herniedergehen ...
herüber + *Verb:* herüberkommen ...
herum + *Verb:* herumlaufen ...
herunter + *Verb:* herunterhängen ...
hervor + *Verb:* hervorschauen ...
herzerquickend
herzu + *Verb:* herzueilen ...
heute Abend/Nacht/Mittag ...
hier bleiben/lassen
hierher kommen/gehörig
hierzu
hierzulande/hier zu Lande
Highbrow
Highendverstärker
Highfidelity
Highimpact
Highlight
Highsociety
Hightech
Hilfe: Hilfe suchend; mit Hilfe/mithilfe
himmelwärts
hin + *Verb:* hinfallen ...
hinab + *Verb:* hinabsteigen ...
hinan + *Verb:* hinangehen ...
hinauf + *Verb:* hinaufsteigen ...

infrage/in Frage (stellen/kommen)
Ingroup
Inhaberschuldverschreibung
inmitten
inne + *Verb* (innehaben, innehalten ...); *aber:* inne sein
Input-Output-Analyse
ins Uferlose gehen
Insekten fressende Pflanzen
Insidergeschäft
Insidertrading
instand/in Stand halten/setzen
Intercityexpresszug
Intercityzug
Internetcafé
Investmentfonds
Investor-Relations
inwiefern
irgend: irgendeinmal, -etwas, -jemand, -wann, -was, -wer, -wie, -wo, -woher, -wohin
Irishcoffee
irre + *Verb:* irreführen, irrewerden; *aber:* irr(e) sein
Istbestand, Iststärke

J

ja sagen/Ja sagen
Jacht/Yacht
Jähheit
jahrelang
-jährig: 2-jährig; ein 2-Jähriger ...
jede/jeder ... (das muss jeder selbst wissen)
jederzeit
jedes Mal
jemand
jene/jener ... (ich habe mich mit diesem und jenem unterhalten)
Jetlag
Jetset
Job-: Jobhopping, Jobsharing, Jobkiller, Jobrotation, Jobticket
Joga/Yoga
Joghurt/Jogurt
Jointventure/Joint Venture
Jour fixe
Jumbojet
jung: für Jung und Alt
Just-in-time-Produktion

K

Kaffeeersatz
kahl scheren ...
Kalligraphie/Kalligrafie
kalt: kalt bleiben/lassen ...; kalt lächelnd; der Kalte Krieg
Känguru
Karamell, karamellisieren
Kartographie/Kartografie
Katarrh/Katarr
Kathode/Katode
Keepsmiling, das; *aber Aufforderung:* Keep smiling!
Kegel schieben
keine/r ...
keinesfalls
keineswegs
keinmal
kennen lernen
kenntlich machen
Ketschup/Ketchup
Kick-down/Kickdown
Kind: an Kindes statt
klar: im Klaren sein, ins Klare kommen; klar denkend; klar sehen ...
Klasse: das ist/hat Klasse
kleben bleiben

klein: klein gedruckt/geschrieben ...; klein schneiden ...; klein schreiben (‚in kleiner Schrift schreiben' und ‚gering schätzen'); *aber:* kleinschreiben (‚mit kleinen Anfangsbuchstaben schreiben'); von klein auf; es ist mir ein Kleines, im Kleinen, bis ins Kleinste, für Groß und Klein
klug; es ist das Klügste; klug reden
klugerweise
knapp halten
knietief
Knock-out/Knockout
Know-how
kochend heiß
Kode/Code *(fachsprachlich)*
Kohle führende Schichten; Kohle fördernde Länder
Kommerz, kommerziell
Kommuniqué/Kommunikee
Kopf stehen
Kosten sparend
kraft: kraft seines Amtes; *aber:* in Kraft (treten ...)
krank + *Verb:* krankmelden, krankschreiben (er wurde krankgeschrieben); *aber:* krank sein/werden/liegen, sich krank fühlen/stellen; krank machen
Krebs erregende Substanzen
Krieg führende Parteien
krumm nehmen
Kundenportfolio-Analyse
künstliche Intelligenz
kurz: über kurz oder lang; vor kurzem; den Kürzeren ziehen; kurz/kürzer
halten, treten ...; kurz gebraten

L

Lady: die Ladys
ladylike
lahm legen
lang: über kurz oder lang; lang gestreckt; seit längerem; des Langen und Breiten, des Längeren
länglich rund
langstäng(e)lig
Laptop
Laserdisc
Last: zu Lasten/zulasten
Last-Minute-Reise
Laub tragende Bäume
laufen lassen
laufend: auf dem Laufenden sein
laut: laut seiner Aussage
lauwarm
Lay-out/Layout
Leanmanagement/Lean Management
Leanproduction/Lean Production
Leben spendend
lebend gebären
Leder verarbeitende Industrie
leer stehend
leicht: leicht behindert/bewaffnet ..., leicht fallen, leicht machen ...; es ist ein Leichtes
Leid: Leid tun; zu Leide tun/zuleide tun; *aber:* es leid sein
lernbegierig
letzt-: letztgenannt/letztmalig/letztmals
letzte: der/die/das Letzte, bis ins Letzte, bis zum Letzten gehen; zum letzten Mal; der letzte Wille
Letztere: der/die/das Letztere, Letzterer, Letzteres
leuchtend blau/rot ...

Lexikographie/Lexikografie
lieb: lieb haben ...; das Liebste wäre mir
lieben lernen
liegen bleiben/lassen
Lifestyle
Lightshow
literweise
Litfaßsäule *(Herleitung von einem Eigennamen!)*
Lithographie/Lithografie
Livemitschnitt/Live-Mitschnitt
Liveshow
Lizenziat/Lizentiat
Lobby: die Lobbys
Longdrink
Longseller
los + *Verb:* losmachen, lostreten ...
Löß/Löss *(je nach Aussprache)*
Lovestory
Lowimpact

M
Mailbox
Mailorder
Mainstream
Make-up
mal/Mal: einige Mal, etliche Mal, mehrere Mal, Dutzend Mal, Millionen Mal; zum ersten Mal; 2-mal
Malaise/Maläse
Mammographie/Mammografie
Management-Buy-out
Management-Development
Management-by-Techniken
Management-Informationssystem
manche/mancher ...
mancherorten, mancherorts
manchmal
mangels
Margenexpansion
Marginaccount/Margin-Account
Marketingmanagement
Marketingmix
Maschine schreiben: ich schreibe Maschine; *aber:* der maschinegeschriebene Brief
Maß halten/nehmen ...
Mathematik
Matrix *(mathem. Begriff):* die Matrizes/Matrices/Matrizen
Matrize *(Technik):* die Matrizen
matt setzen
meerwärts
Megabyte
Megaphon/Megafon
megastark
Mehr-Konten-Modell
mein: Mein und Dein nicht unterscheiden; die Mein(ig)en/die mein(ig)en, das Mein(ig)e/das mein(ig)e
meinerseits
meinetwegen
meist: die meisten; meistbietend
menschenmöglich: das Menschenmögliche tun
Mesner/Messner
Metall verarbeitend
Metapher
meterhoch
Midlifecrisis/Midlife-Crisis
Mikrofon/Mikrophon
Milkshake
Million: eine Million DM; Millionen Mal
minderbegabt, minderbemittelt ...
mindest: das Mindeste, im Mindes-

ten
Minimalart/Minimal Art
Missinglink/Missing Link
mit Hilfe/mithilfe
mit + *Verb:* mitarbeiten, mitnehmen, mit müssen/mit gemusst ...
Mittag: gestern Mittag ...; *aber:* Dienstagmittag ...
mittels
Mitternacht: heute Mitternacht ...; *aber:* Dienstagmitternacht ...
Mixedmedia/Mixed Media
Mixedpickles/Mixed Pickles/Mixpickles
Modernjazz/Modern Jazz
möglich: das Mögliche, alles Mögliche, sein Möglichstes tun
Monat: 2-monatig/2-monatlich ...
Moneymaker
Monographie/Monografie
Mopp
morgen Abend/morgen Nachmittag ...
morgens *(s. auch unter* Dienstag*)*
Multi-: Multimediaanwendung, Multimediamarketing, Multiprogramming
Multiplechoiceverfahren/Multiple-Choice-Verfahren
mündig sprechen
müßig gehen
Mut: zu Mute/zumute (sein)
Myrrhe/Myrre

N

nach Hause
nach + *Verb:* nachahmen, nachgeben ...
nachfolgend: das Nachfolgende, Nachfolgendes, im Nachfolgenden
nachhinein: im Nachhinein
Nachmittag, nachmittags *s.* Abend, abends
nächst: der/die/das Nächste; der Nächste bitte!; als Nächstes
Nacht: heute Nacht
nah: von nah und fern
nahe/näher bringen/legen/liegen ..., nahe liegend/stehend ...; des Näheren erläutern
Namedropping
namens
nämlich: der/die/das Nämliche
nass: nass geschwitzt, nasskalt
nebeneinander legen/liegen/stellen ...
nebenstehend: der/die/das Nebenstehende, Nebenstehendes, im Nebenstehenden
Necessaire/Nessessär
Negligee/Negligé
nein sagen/Nein sagen
Netzwerkbetriebssystem
neu: neu eröffnet/geschaffen ...; von neuem; aufs Neue; auf ein Neues!
neuerdings
New Yorker/New-Yorker
Newage/New Age
Newcomer
Newlook/New Look
nichts sagend
nichtsdestoweniger
nieder/niedrig: Hoch und Nieder/Niedrig *(für Personen)*
nieder + *Verb:* niederbeugen, niedermachen ...

Nofuturegeneration/No-Future-Generation
No-Name-Produkt
Non-Book-Abteilung
Non-Essentials
Non-Food-Abteilung
Non-Paper
Nonstopflug/Non-Stop-Flug
Not: Not leiden/d; Not tun/sein/werden
Notebook
Notepad
null: in null Komma nichts, auf null stehen, unter null sinken
nummerieren, Nummerierung; *aber:* numerisch, Numero, Numerus (clausus)
Nutz-: zu Nutze/zunutze machen

O

o-beinig/O-beinig
oben erwähnt/stehend: der oben erwähnte/stehende Abschnitt; das oben Stehende/das Obenstehende, oben Stehendes/Obenstehendes, im oben Stehenden/im Obenstehenden
Oder-Konto
Offbrands
offen bleiben/halten ...
Offene-Posten-Buchführung
offline
Offroadfahrzeug
Offsetdruck
Offshoreauftrag
o-förmig/O-förmig
oft: des Öfteren
oh: ein freudiges Oh
Ökobilanz
Ökosteuer
One-Man-Show
online (sein)
Onlinebetrieb
Onlinedienst
Openair, Openairfestival
Open-End-Diskussion
Openshop
Operationsresearch
Ordonnanz/Ordonanz
Orgware
Orthographie/Orthografie *(nicht: Ortografie)*
Outboard
Outcast
Outdoorbekleidung
Outgroup
Outlinedienst/Outline-Dienst
Outplacement
Outsourcing
Overheadprojektor
Over-the-Counter-Market

P

paar: ein paar Mal
Packagetour
Panther/Panter
Papier verarbeitende Industrie
Pappmaschee/Pappmaché
Paragraph/Paragraf
parallel laufen/schalten ..., parallel laufend ...
Paretodiagramm/Pareto-Diagramm, Pareto-Optimum
Park-and-ride-System
Parkettbörse
Party: die Partys
passee/passé
Paycard

Payingguest, Paying Guest
Pay-per-View
Pay-TV
PC-Betriebssystem
Peergroup
Peer-to-Peer-Netzwerk
Penizillin/Penicillin *(fachsprachlich)*
Personalcontrolling
Personalityshow
Personalmarketing
Ph- *s. auch F-*
Phantasie *s.* Fantasie
Pharmaindustrie/konzern
Philharmonie
Philologie
Philosophie
Phon/Fon
Phonetik
Phonograph/Fonograf
Phonotechnik/Fonotechnik
Phonothek/Fonothek
Phosphor
Photograph(ie) *s.* Fotograf(ie)
Phrase
Physik
Physiologie
Pidginenglish/Pidgin-English
Plattitüde/Platitude
platzieren
Play-back/Playback
Play-off
pleite/Pleite: Pleite gehen/machen; *aber:* pleite sein/werden
Pocketkamera
Point of Sale/Point-of-Sale
Political Correctness
polyphon/polyfon
Pommes Croquettes
Pommes frites
Pony: die Ponys, des Ponys
Pornografie/Pornographie
Portfolioanalyse
Portmonee/Portemonnaie
Potenzial/Potential
potenziell/potentiell
präferenziell/präferentiell
preis + *Verb:* preisgeben ...
Preshavelotion, Pre-Shave-Lotion
Pressuregroup
preziös/pretiös
Preziosen/Pretiosen
privat versichert
Probe fahren
probeweise
Productplacement/Product-Placement
Profitcenter/Profit-Center
prozentig: 3-prozentig
Prozessbenchmarking/Prozess-Benchmarking
Publicrelations/Public Relations
Punkt acht Uhr
pushen/puschen

Q

Quadrophonie/Quadrofonie
Quäntchen
quer gestreift, quer schreiben
Quickstepp

R

Rackjobber/Rack-Jobber
Rad fahren(d)/schlagen
Rand: zu Rande/zurande kommen
Rat: Rat suchend; die Rat Suchenden/die Ratsuchenden, zu Rate/zurate ziehen

rau: raue Hände; Raufasertapete, rauhaarig, Rauhaardackel, Rauputz, Raureif ...
Raum sparend
Recalltest
Recht: Recht haben/ behalten/bekommen/geben ..., mit/zu Recht; *aber:* recht sein, recht tun, wie recht er hat, gehe ich recht in der Annahme, ...
rechtens sein/machen; für rechtens halten
rechtfertigen
rechts: rechts stehend, rechts außen ...
redselig
reich: reich geschmückt ...; Arm und Reich *(für Personen)*
rein: rein halten/waschen; *aber:* ins Reine kommen/schreiben
Rembourskredit
Respekt einflößend
Rhapsodie
Rhesusfaktor
Rhetorik
richtig machen/stellen/gehen(d) ...; das Richtig(st)e ist
Roadmovie
Rohheit
Roll-back, Rollback
Rollerblade
Roll-on-roll-off-Schiff
Rommee/Rommé
Rooming-in
röstfrisch
rot: der Rote Planet (= Mars); rot gestreift, rot glühend
rötlich braun
Roundtable/Round Table
Roundtablekonferenz/Round-Table-Konferenz
Rowdy: die Rowdys, des Rowdys
rückwärts gehen ...; rückwärts gewandt
ruhen lassen
ruhig stellen
Run-about/Runabout
Rushhour

S
Safersex/Safer Sex
Saisonnier/Saisonier
Salesmanager
Salespromotion
Sandwichboard
Sandwichman
Sandwichmontage
sauber halten, machen ...
Sauce hollandaise
sausen lassen
Savoir-vivre
Saxophon/Saxofon
SB-Warenhaus
Scalping Operations
Scannerkasse
Schande: zu Schanden/zuschanden machen ...
Schänke/Schenke *(gleichberechtigt)*
scharf: auf das schärfste/auf das Schärfste verurteilen
Schatten spenden
schätzen lernen
Schauder erregend
scheckig braun
scheel blickend
Schenke/Schänke *(gleichberechtigt)*

Shootingstar
Shoppingcenter
Shortstory/Short Story
Showbusiness
Show-down/Showdown
Shrimp/Schrimp *(gleichberechtigt)*
sicher: sicher gehen/stellen; auf Nummer Sicher/sicher gehen; im Sicher(e)n sein
Sick-out/Sickout
siedend heiß
Simultaneous Engineering
Sinfonie/Symphonie
Sit-in
sitzen bleiben/lassen ...
Skateboard
Sketsch/Sketch
Skylightfilter
Slapstickkomödie
s-Laut
Slow-Scanning-Verfahren
Smalltalk/Small Talk
Snobappeal
Snowboard
so: so bald, sobald *(als Konjunktion zusammen-, sonst getrennt geschrieben:* wir liefern, sobald Sie ....; wir liefern nicht so bald)
so genannt ; *aber: Abkürzung* sog.
so lange, solange *(als Konjunktion zusammen-, sonst getrennt geschrieben:* wir liefern nicht, solange Sie nicht ...; wir warten schon so lange ...)
so oft, sooft *(als Konjunktion zusammen-, sonst getrennt geschrieben:* wir haben schon so oft gemahnt ...; er lief, sooft er konnte ...)
so viel, soviel *(als Konjunktion zusammen-, sonst getrennt geschrieben:* soviel wir wissen, wird er ...; er liefert nicht so viel, ...)
so weit, soweit *(als Konjunktion zusammen-, sonst getrennt geschrieben:* er kommt nicht so weit, dass ...; soweit ich weiß, ...)
so wenig, sowenig *(als Konjunktion zusammen-, sonst getrennt geschrieben:* er liefert so wenig, dass ...; sowenig ich einsehen kann, ...)
Soapopera
Socialcosts/Social Costs
Socialengineering/Social Engineering
sodass/so dass
sofern
Softcopy/Soft Copy
Softdrink/Soft Drink
Softeis
Softwareangebot, Software-Angebot
solch: ein Solches/ein solches ist ihm passiert
solchermaßen
Sollbestand, Sollstärke
Sonderheit: in Sonderheit
Sonnyboy
sonst was/wer/wie/wo/jemand
sonstig: alles Sonstige
Soße/Sauce
Soufflé/Soufflee
Soundkarte
sowieso
sowohl: das Sowohl-als-auch
Spacelab
Spaceshuttle
Spaghetti/Spagetti
spazieren gehen/fahren; *aber:*

beim Spazierengehen ...
Specialeffect/Special Effect
Speedwayrennen
speien: gespien
Sphäre
Spotgeschäft
Staaten bildende Insekten
Stand: in Stand/instand: im Stande/imstande; außer Stand(e)/außerstand(e); zu Stande/zustande (bringen, kommen)
Stand-by, Stand-by-Betrieb
standhalten
Standingovations/Standing Ovations
Stängel
stark besiedelt
statt: an Eides/Kindes statt; statt derer, statt dessen (das Buch, statt dessen er die Zeitung las ...); *aber:* er konnte nicht kommen, stattdessen schickte er ...
statt + *Verb* (stattfinden ...)
stattdessen (*s. unter* statt)
Staub saugen/staubsaugen
stecken bleiben/lassen
stehen bleiben/lassen ...
Stenografie/Stenographie
Stepptanz
Steuerbus
still: im Stillen vorbereiten
-stimmig: 3-stimmig
-stöckig: 3-stöckig
stocksauer, stocksteif ...
Stop-and-go-Verkehr
Stop-over
Stopp, der (*aber: auf Verkehrsschildern:* Stop)
Storyboard
Streetwork
streng nehmen, genommen ...
Stuckateur
-stündig/-stündlich: 2-stündig, 2-stündlich
Stuntman
Stuntwoman
substanziell/substantiell
Superlearning
Supermarket
supermodern
Surfboard
Surfriding
Surpriseparty, Surprise-Party
Swapgeschäft
Swimmingpool
Swing-by
Switchgeschäft
Systemsoftware
Szenariomanagement

T

Tabletop
Tabula rasa machen
Tag: zu Tage/zutage fördern/treten ...; 2-tägig ...
Talkshow
Taskforce, Task-Force
tausend: einige Tausend/tausend; Tausende/tausende von Menschen
T-Bone-Steak
Team-: Teamarbeit, Teamselling, Teamteaching, Teamwork
Tearoom
Teddy: die Teddys, des Teddys
teil + *Verb* (teilnehmen ...)
-teilig; 2-teilig ...
Telefaxgerät
Telefax-Software

Telefon
Telefonbanking
Tele-: Telemarketing, Teleprocessing, Teleselling, Teleshopping
Tendenz; tendenziell
Tete-a-Tete/Tête-à-tête
Theater
Theke
Theologie
Therapeut
Thermo-: Thermometer, Thermostat ...
These
Thron
Thunfisch/Tunfisch
Thymian
Tiebreak/Tie-Break
tief bedrückt/bewegt ..., *aber:* tiefernst, tiefgekühlt, tiefsinnig ...
Timelag
Time-out
Timesharing
Tipp
todkrank, todmüde ...
Tollpatsch, tollpatschig
Topographie/Topografie
Topstar
Topten/Top Ten
tot: tot sein, sich tot stellen; tot geboren; *aber:* totlachen, totlaufen ...
Total-Productive-Maintenance
Total-Quality-Management
Trackball
Training on the Job
Trekking/Trecking
treu ergeben
trocken: auf dem Trockenen sitzen, ins Trockene bringen, im Trockenen haben
tropfnass
Trost bringend
Troubleshooter
trüb: im Trüben fischen
tschüs/tschüss
T-Shirt
Tunfisch s. Thunfisch
Turn-around-Situation/-Kräfte/-Dynamik ...
Typografie/Typographie

U

übel gelaunt/riechend ...; übel nehmen/tun ...
über + *Verb: abtrennbar:* überfahren, er fährt über ...
über + *Verb: nicht abtrennbar:* übersetzen, er übersetzt das Buch ...
überein + *Verb:* übereinkommen, übereinstimmen ...
übereinander legen/stellen ...
überhand nehmen
übermorgen Abend/Vormittag
überschwänglich
übrig: übrig behalten/bleiben/lassen ...; die Übrigen, das Übrige, alles Übrige, ein Übriges tun, im Übrigen wissen wir ...
u-förmig/U-förmig
Ultima Ratio
ultrahart, ultrakurz ...
um ... willen: um seiner selbst willen
um + *Verb: abtrennbar:* umändern, umformen ...; *aber:* um sein
um + *Verb: nicht abtrennbar:* umgarnen; umfahren, er umfährt ...

umeinander laufen ...
umher + *Verb:* umherirren ...
umhin + *Verb:* umhinkommen, umhinkönnen
umso *(als Adverb zusammengeschrieben),* umso eher/mehr ...; *aber:* um so viel zu verdienen ...
umständehalber
umstehend: im Umstehenden
Umweltcontrolling
Umweltcontrolling-Management
unabsehbar: sich ins Unabsehbare ausweiten
unbekannt: Anzeige gegen unbekannt
und Ähnliches; *Abkürzung:* u. Ä.
Undercoveragent
Underdog
Underlyingbewertung
Underwriter
unendliche Mal(e)
unermesslich: das Unermessliche, ins Unermessliche
ungeheuer: ins Ungeheure steigern
ungewiss: im Ungewissen bleiben/lassen ...
ungezählt: Ungezählte kamen
Unheil bringend/verkündend
unklar: im Unklaren bleiben ...
Unrecht: Unrecht haben/tun ...; *aber:* unrecht sein/bleiben
unselbständig/unselbstständig *(gleichberechtigt)*
unser: die Unseren/die unseren, das/die Unsrige(n)/das/die unsrige(n)
unten erwähnt/stehend: das unten Stehende/das Untenstehende, unten Stehendes/Untenstehendes, im unten Stehenden/im Untenstehenden
unter der Hand
unter + *Verb: abtrennbar:* untergehen ...
unter + *Verb: nicht abtrennbar:* unterstellen, er unterstellt ihm...
unterdessen
untereinander stehen/schreiben...
unterwegs
unzählig: Unzählige kamen; unzählige Mal(e)
up to date
Update
Upper Ten
Upperclass
uralt
Ursache-Wirkungs-Diagramm
US-Accounting

V

Vabanque spielen/va banque spielen
Varietee/Varieté
Venture-Capital-Beteiligung/ Venturecapital-Beteiligung
verarbeiten: Fisch/Fleisch/ Metall verarbeitend ...
verborgen: im Verborgenen
Verderben bringend
vereinzelt: Vereinzelte kamen
verloren gehen
verschieden: Verschieden(st)e (=manche) kamen, Verschieden(st)es war noch unklar
verselbständigen/verselbstständigen
Vertrag zugunsten Dritter/ Vertrag zu Gunsten Dritter

Vertrauen erweckend
v-förmig/V-förmig
Videokonferenz
Videokonferenz-System
Video-on-Demand
viel: er hat schon viel erlebt; viel befahren/gelesen ...; *aber:* vieldeutig, vielfach, vielköpfig, vielsagend ...; viel zu viel/wenig
vielmals
Viertel: es ist (ein) Viertel vor/nach eins; *aber:* wir treffen uns um viertel acht/um drei viertel acht
vis-a-vis/vis-à-vis
Visual Merchandising
voll: ins Volle greifen, aus dem Vollen schöpfen; voll füllen, voll essen, voll tanken ...; *aber:* vollbringen, vollenden ...; voll geschrieben, voll gepackt ...; *aber:* vollbeschäftigt, vollklimatisiert ...
vollbärtig, vollbusig ...
von ... wegen: von Amts wegen
voneinander gehen
vonseiten/von Seiten
vor + *Verb:* vorkommen ...
voran + *Verb:* vorangehen; *s. dort.;* vorankommen ...
vorangehen: das Vorangehende/Vorangegangene; im Vorangehenden/Vorangegangenen
voraufgehen
voraus: im Voraus, zum Voraus
voraus + *Verb:* vorausberechnen, vorausbestimmen, vorausgehen; *s. dort;* ...
vorausgehen: im Vorausgehenden
vorbei + *Verb:* vorbeigehen ...
vorgestern Abend/Nacht
vorher + *Verb:* vorhergehen; *s. dort;* vorhersagen ...
vorhergehen: im Vorhergehenden
vorhinein: im Vorhinein
vorig: das Vorige, im Vorigen
vorlieb nehmen
vormittag: gestern/heute/morgen Vormittag
Vorstehendes; im Vorstehenden
Vorsteuerabzug
Vorsteuervergütungsverfahren, Vorsteuer-Vergütungsverfahren
vorüber + *Verb:* vorübergehen ...
vorwärts gehen/kommen ...
vorweg + *Verb:* vorwegnehmen ...
vorzeiten

W

Wache stehen/d
Waggon/Wagon
Walfang treibende Nationen
Walkie-Talkie
Wallstreet, Wall Street
warm halten/stellen ...
Warm-up
Wasser abweisend ...
Wechte (Schneewechte)
weder: das Weder-noch
Weg: zu Wege bringen/zuwege bringen
weg + *Verb:* weglaufen ...
wehtun
weich gekocht ...
weich machen ...
weiß: weiß blühend ...; aus Schwarz Weiß machen
weit gehend/reichend .../weitgehend, weitreichend; *aber:* weithin,

weitschweifig ...
weit: von/bei weitem; weit und breit; das Weite suchen
weiter: des/im Weiteren; *aber:* bis auf weiteres; ohne weiteres
weiter + Verb: weiterbilden, weitergehen, weitermachen, weiterspielen ...; *aber:* weiter (= weiterhin) bestehen
Welt: die Dritte Welt
wenig: nur noch wenig/es war zu gebrauchen; wenig befahren/gelesen ...
Wert: Wert legen auf; *aber:* wert sein
wesentlich: im Wesentlichen
wett + *Verb:* wettmachen ...
Whirlpool, Whirl-pool®
wichtig machen/tun
wider + *Verb: abtrennbar:* widerhallen ...
wider + *Verb: nicht abtrennbar:* widersprechen, er widerspricht ihr ...
wie viel, wie viele Male; *aber:* wievielmal
wieder + *Verb: abtrennbar:* wiéderbekommen, wiéderkehren, wiedersehen ...; *aber:* wieder áufbereiten, wieder éinsetzen
wieder + *Verb: nicht abtrennbar:* wiederholen, er wiederholt ...
Wiedersehen: auf Wiedersehen/Auf Wiedersehen sagen
wieso
wild wachsend, wild lebend
Windowshopping
wohl durchdacht/geformt ...; *aber:* wohlgeraten, wohlfeil, wohlgemut
wohl tun/wollen/fühlen
Work-out/Workout
Workshop
World Wide Web
wund liegen
Wunder: Wunder was erzählen, Wunder/wunders wie geschickt
wundernehmen

X

x-beliebig: jeder x-Beliebige
x-fach: das x-fache
x-förmig/X-förmig
x-mal: zum x-ten Mal

Y

Yacht s. Jacht
Yellowpress/Yellow Press
Yield-Management
Yoga s. Joga

Z

Zähheit
zartbesaitet/zart besaitet
zartbitter
zartblau
zartfühlend/zart fühlend
-zeilig: 2-zeilig ...
Zeit: eine Zeit lang; *aber:* zeit seines Lebens
zeitweise
Zerobond
Zierrat
zigtausend(e)/Zigtausend(e)
zirka/circa
zu wenig
zu Eigen
zu Hause
zu Nutze machen/zunutze machen
zu sein

zu viel
zu + *Verb:* zusehen ...
zuallererst
zuallerletzt
zuallermeist
zueinander finden ...
zuerst
zufolge
zufrieden geben/stellen ..., zufrieden sein
zugrunde/zu Grunde gehen/richten/liegen(d) ...
Zug-um-Zug-Leistung
zugunsten/zu Gunsten
zugute halten
zuhauf
zuhinterst
zuhöchst
zulande: hierzulande/hier zu Lande; bei uns zu Lande
zulasten/zu Lasten
zuleide tun/zu Leide tun
zuletzt
zuliebe
zum anderen/einen
zum ersten Mal
zumal
zumeist
zumindest
zumute/zu Mute (sein)
zunächst
zuoberst
zurande/zu Rande kommen
zurate ziehen/zu Rate ziehen
zurecht + *Verb:* zurechtmachen ...
zurück + *Verb:* zurücklehnen ...
zurzeit (= derzeit: die Geschäfte gehen zurzeit schlecht); *aber:* zur Zeit Napoleons
zusammen + *Verb:* zusammenhalten ...; *aber:* zusammen sein
zuschanden/zu Schanden machen/werden ...
zuschulden/zu Schulden (kommen lassen)
zuseiten/zu Seiten
zustande/zu Stande bringen/kommen
zustatten kommen
zutage/zu Tage fördern/treten
zuteil werden
zutiefst
zuungunsten/zu Ungunsten
zuunterst
zuvor + *Verb:* zuvorkommen ...
zuwege/zu Wege bringen
zuweilen
zuwider + *Verb:* zuwiderhandeln ...
zuzeiten
Zwei-Konten-Modell
zweit: das zweite Gesicht; wie kein Zweiter arbeiten; jeder Zweite
zweitplatziert
zwischen + *Verb:* zwischenlagern ...

Glossar

Die für die Rechtschreibung wichtigsten linguistischen Fachbegriffe

Adjektiv: Eigenschaftswort; beugbar und steigerbar, bezeichnet eine Eigenschaft oder ein Merkmal *(schön, ein schönes Kleid, das schönste Kleid, das Kleid ist schön)*

Adverb: Umstandswort; nicht beugbar, charakterisiert Ort, Zeit, Art und Weise etc. von Zuständen oder Vorgängen *(dort, oft, miteinander)*

Artikel: Begleiter des Substantivs; beugbar *(das Kleid, ein Hund)*

Diphthong: Doppellaut aus zwei Vokalen *(au, ai, ei, äu, eu)*

Ellipse: Verkürzung, Auslassung *(Alte Schuhe sind bequemer als neue* [ergänze: *Schuhe*]*.)*

Flexion: Beugung; Formveränderung von flektierenden Wörtern, z. B. Verben und Substantiven *(ich gehe, du gehst; das Kleid, des Kleides)*

Fugenelement: Laut, der zwischen zwei Bestandteilen eines zusammengesetzten Wortes steht *(altersschwach, sonnenarm)*

Infinitiv: Nennform des Verbs *(schreiben, schlafen)*

Kardinalzahl: Grundzahl *(null, zwei, zwanzig)*

Kompositum (Mehrzahl: Komposita): zusammengesetztes Wort *(Autobahn, süßsauer)*

Konjunktion: Bindewort; nicht beugbar, verknüpft Wörter oder Teilsätze *(und, oder; ich glaube, dass ...)*

Konsonant: Mitlaut (*b, f, m* usw.)

Partizip: Mittelwort; beugbar; Partizip der Gegenwart = Partizip I *(laufend, lesend)*, Partizip der Vergangenheit = Partizip II *(gelaufen, gelesen)*

Plural: grammatische Mehrzahl *(dieses Heft – diese Hefte)*

Präfix: Vorsilbe; u. a. abtrennbarer Teil eines Verbs, nicht beugbar *(einladen – er lud uns ein)*

Präposition: Verhältniswort; nicht beugbar, kennzeichnet die Beziehung zwischen zwei Wörtern *(in, auf, über, unter)*

Pronomen: Fürwort; beugbar, steht mit oder an Stelle eines Substantivs *(ich, dieser, jemand; das Haus, das ich gekauft habe)*

Singular: grammatische Einzahl *(dieses Heft – diese Hefte)*

Stamm: Wortstamm; der Teil der Wortes, der die lexikalische Bedeutung trägt *(denk-en, Auto-s)*

Substantiv: Dingwort; beugbar, kann u. a. mit einem Artikel verbunden werden *(Kleid, Haus)*

Substantivierung: Bildung eines Substantivs aus einem Wort einer anderen Wortart *(das Lesen, im Hier und Jetzt)*

Suffix: Nachsilbe; nicht selbstständig vorkommend, dient u. a. der Wortbildung *(Lust – lustig; acht – achtel)*

Superlativ: Höchststufe der Steigerung *(der Größte, am steilsten)*

Verb: Zeitwort, Tätigkeitswort; beugbar, drückt die Satzaussage aus *(sie schreibt, er isst)*

Vokal: Selbstlaut (*a, e, i* usw.)

Literatur

Die neue deutsche Rechtschreibung (Bertelsmann). Verf. v. Ursula Herrmann, völlig neu bearb. und erw. v. Prof. Dr. Lutz Götze. Neu durchgesehene Auflage. München 1996.

DUDEN Die deutsche Rechtschreibung. Das Standardwerk zu allen Fragen der Rechtschreibung. 21., völlig neu bearb. Auflage, Mannheim, Leipzig, Wien, Zürich 1996.

Zabel, Hermann, *Die neue deutsche Rechtschreibung. Überblick und Kommentar,* Gütersloh 1997.